光文社古典新訳文庫

カルメン／タマンゴ

メリメ

工藤庸子訳

kobunsha classics

光文社

Title : TAMANGO
1829

CARMEN
1845

Author : Prosper Mérīmée

目次

カルメン／タマンゴ

タマンゴ

船長ルドゥーは剛腕の船乗りだった。下っ端の水夫から身をおこし、ついで操舵手の見習いになった。トラファルガーの海戦では飛んできた木片が左腕をぶちぬいて、おかげで腕は切断、しかも馘になったが、立派な職業経験証明書はもらえたのだった。のんびり暮らす柄ではなかったから、また海に出る機会をうかがって二等航海士という資格で私掠船《しりゃくせん》に乗りこんだ。何度かの略奪で手にした金で本を買い、すでに実践のほうは完璧に身につけていた航海術の理論を学ぶことができた。[1]しばらくたつと大砲三門の三本マストで船員六十人というラガー船に乗り、私掠船の船長になった。その暴れっぷりは、今でもジャージー島の沿岸航海にかかわる海の男たちの語りぐさになっている。平和の到来は彼を落胆させた。戦争のおかげでちょっとした財産を貯めこんでおり、そいつを増やすにはイギリス人からぶったくればいいと踏んでいたからだ。[2]こうなったからには、戦争をやらない商人たちに雇ってもらうしかない。肝の据わった経験ゆたかな男という評判であったから、ほどなく一艘の船を託された。おりしも黒人奴隷貿易が禁止され、その結果、たいして厳しくはないフランス税関の監視を逃れるだけでなく、英国の巡洋艦にとっ捕まらないようにしなければならず、こちらはよほど難儀だったから、いきおい「黒檀」の取引にかかわる者たち[3]にとり、ルドゥー船長は重宝な男になっていたのである。[4]彼みたいに長らく下っ端の苦労に甘んじた船乗りにはめったにないことだが、彼は

1　船長ルドゥーのキャリアは、波瀾《はらん》に富んだ時代を反映している。英仏両国は十七世紀から植民地の獲得と交易をめぐって制海権を争っていたが、一八〇五年、スペインのトラファルガー岬の沖での対決は、帝位に就いたばかりのナポレオンの海軍に壊滅的な打撃をもたらした。仕事を失った船乗りの受け皿となったのが長い歴史をもつ「私掠船」という制度である。海の無法者である「海賊」と異なり「私掠船」は、個人が艤装《ぎそう》した船が君主の認可を受けて敵国の船舶を襲い、略奪行為を行うもの。捕縛された場合も、犯罪者ではなく捕虜として扱われた。

2　ジャージー島はイギリス海峡の島。ルドゥーは仇敵イギリスの船や港湾を襲ってトラファルガー海戦の怨《うら》みを晴らしていたのだが、一八一四年に帝政が崩壊して講和条約が結ばれたため「私掠」の行為は容認されぬことになった。

3　（原注）奴隷貿易にかかわる者たちが自らを指す隠語［「黒檀」は黒人奴隷を指す］。

技術革新への根深い嫌悪をもたなかったし、出世した者にありがちな因習へのこだわりもまったくなかった。それどころかルドゥー船長は、水を入れて保存するために鉄製の容器を使いたいと自分から船主に提案したのである[5]。奴隷船に欠かせぬ手錠や鎖のたぐいも、彼の船にあるものは新しい技法で製造され、入念に錆よけのペンキが塗られていた。だが奴隷商人のあいだで彼の名声をいやがうえにも高めたのは、彼自身が監督してつくらせた奴隷貿易用のブリッグ船[6]であり、軍艦のように細長い軽快な帆船だが、すごい数の黒人を積みこむことができた。彼はその船に「エスペランス号」〔希望号〕という名をつけた。狭くて奥まった船倉は、天井まで一メートルちょいあれば[7]充分というのが持論だった。並みの背丈の黒人なら、それだけあればゆっくり座れるはずだというのである。やつらに立ちあがる必要なんかあるか？「植民地に着いたが最後」とルドゥーは言うのだった、「いやになるほど立ちっぱなしだからな」。——黒人たちは舷側に背をもたせて二列平行に並ぶので、彼らの足もとには隙間が残ることになり、ほかの奴隷船では、この隙間は人が動き回るのにしか役立たない。ルドゥーが思いついたのは、そこにほかの黒人たちを入れ、最初の連中と直角の方向に寝かせてしまうことだった。そうしたわけで彼の船は同じトン数の船より十人

がとこ余計に黒人を積みこめたのである。その気になれば、もっとぎゅうづめにもで

4　一八一五年、ウィーン会議で黒人奴隷貿易の禁止が宣言されたが、関係各国の法整備と国際的な監視体制の強化という課題はなかなか達成されなかった。とくに敗戦国フランスは対応に遅れをとっており、本文に仄《ほの》めかされているように、奴隷船に特有の艤装や積み荷の拘束具を自国の港湾で摘発する責任さえ果たしてはいなかった。税関の調査も好い加減なものだったから、いったん港を出たフランスの奴隷船は、相変わらず制海権を握っているイギリスの監視艇に拿捕《だほ》されることだけを心配すればよかった。

5　鉄製の容器は水が腐りにくいとされた。十八世紀末、英国における海洋技術の革新の成果である。「船主」と訳した son armateur は正確には「彼の艤装業者」だが、船舶の所有者である可能性が高い。

6　二本マストの中型船。速度が速いことから軍船や商船として好まれた。

7　trois pieds quatre pouces　ほぼ一メートル八センチ。「ピエ」と「プス」は古い度量衡で時代や地方によって基準値が微妙に異なるが、以下、概算でメートル法に置きなおす。なお、上甲板と下甲板のあいだにある entrepont と呼ばれるこの空間の天井の高さは、一般の奴隷船では一メートル二〇センチから一メートル五〇センチだったらしいが、エスペランス号よりも劣悪な条件の記録もある。奴隷は背中ではなく脇腹を下にして横たわることを想定して積みこまれるため、今日でいう「エコノミークラス症候群」で息絶えるものが後を絶たなかった。

きるだろうが、やっぱり人情ってものがあるからな。身動きできるように、少なくとも長さ一メートル六〇、幅六五センチぐらいは残してやらんと、なにしろ六週間かそれ以上という船旅だし。「なぜってまあ」とルドゥーは船主にむかいこの寛大な措置の弁解をした、「要するに、白人同様、黒人も人間だっていうことさね」

エスペランス号はとある金曜日にナントの港を出発したのだが、それは迷信深い連中があとになって指摘したことだった。監視官たちは帆船を厳正に検査したにもかかわらず、鎖や手錠や、なぜか知らぬが[8]「正義の棒」などと呼ばれる鉄棒がぎっしりつまった六つの大きな箱には気づかなかった。書類によれば、セネガルで木材と象牙の取引をするだけということになっていたのだが、そのエスペランス号が搭載することになっている水の莫大な貯蔵量についても、驚く気配はなかった。たいした航海でないことは事実だけれど、それにしたって用心するにこしたことはない。万が一にも風が凪《な》いでしまったら、水なしではお手上げだろうから。

こうしてエスペランス号は、とある金曜日に完璧な装備と船員を乗せて出発したのである。ルドゥーとしては、マストがもう少し頑丈だったらと思わぬではなかった。しかし船を指揮しているあいだ、不都合なことは何もおきなかった。アフリカの海岸に着くまで航海は順調かつ快速だった。イギリスの巡洋艦がその辺の海岸を見張っていないときを狙って、ジョアル[9]（だったと思うが）の港に注ぐ川に漕ぎ入り、錨を降ろした。さっそく土地の仲買人たちが船にやってきた。これ以上は望めぬ絶好のタイミングであるという。名高い戦士で人売りの商売もやるタマンゴが、おりしも奴隷を山ほど引きつれて海岸に到着したところだった。自分の商品が手薄になったら、すぐに新顔を商いの場に補給するだけの力と手段をもつと自負している男だったから、手放すときの値段も割安だった。[10]

ルドゥー船長は川の岸辺に降り立って、タマンゴを訪問した。男は急ごしらえの藁《わら》葺《ぶ》きの小屋におり、女房が二人、そして取引と奴隷の搬送を手伝う手下が何人かいっ

8　奴隷の拘束具については「解説」一九九ページを参照。「正義の棒」は二メートルほどの棒に四人の奴隷の足を拘束する八つの輪がついたもの。
9　ジョアルはダカールの南東一〇〇キロほどのところにあるセネガルの港町。
10　ヨーロッパが構築したグローバルな奴隷制度は、「奴隷化される黒人」と「奴隷を市場に提供する黒人」という内部分裂をアフリカ大陸にもたらした。白人は「奴隷狩り」を組織する必要はなく、海岸で商取引を行えばよかったのである。

しょにいた。白人の船長を迎えるために、タマンゴはめかしこんでいた。伍長の飾りひもがついたままの古ぼけた青の軍服を着ていたが、両方の肩には金色の肩章が二つずつ同じボタンに留められて、前と後ろでぶらぶらとゆれていた。シャツは着ておらず、上着はこの大男にとってやや寸詰まりだったので、上着の白い裏地とギニア産の布でつくった下穿きとのあいだに、かなりの幅で黒い肌が露出してしまい、それが幅広いベルトのように見えていた。脇腹には騎兵隊のサーベルが縄で吊るされて、さらに英国製のみごとな二連発銃を手にもっていた。アフリカの戦士はこんな出で立ちで、ロンドンやパリの完璧な伊達男とエレガンスを競いあうつもりらしかった[11]。

ルドゥー船長はしばし黙って彼を見つめていたが、一方のタマンゴは、外国の将軍のまえで閲兵する擲弾兵《てきだんへい》のように直立不動のまま、自分が白人に好印象を与えていると信じてほくそえんでいた。ルドゥーはいかにも目利きらしく相手を値踏みして、同行した一等航海士のほうをふり返り、こう言った。「こいつ、ぴんしゃんして無傷のままマルティニークまで運んでやれば、軽く千エキュ[12]で売り飛ばせる代物だぜ」

一同は席につき、片言のウォロフ語[13]を話す水夫が通訳にあたった。最初の挨拶がすむと、一人の見習い水夫がブランデーの瓶を詰めた籠をもってきた。一同は飲んだ。

そして船長は、タマンゴのご機嫌をとるために、ナポレオンの肖像が浮き彫りになった綺麗な銅製の火薬入れを贈呈した。しかるべき謝意とともに贈り物が納められ、一同は小屋の外に出て、ブランデーの瓶をまえに木陰に陣取った。タマンゴは売り物の奴隷たちをつれてくるようにと合図をした。

11　この滑稽な出で立ちは、探検家たちが報告するアフリカの王や族長の格長高い装束にはまったく似ていない。参照されたのは、フランス革命期の植民地における黒人奴隷の反乱を描いたヴィクトル＝ユゴーの初期作品『ビュグ＝ジャルガル』（一八二六年）に登場する悪辣な「混血の男」の衣装（第二十八章）ではないかと言われている。ちなみにユゴーの小説では、白人のヒロインに思いを寄せる黒人奴隷（王の血を引く「純血の黒人」）が、フランスの貴族に劣らぬ高貴な精神をもつ。タマンゴはのっけからヨーロッパの文明と商業社会に毒された黒人として登場するのである。

12　長い歴史をもつ通貨の呼称だが、十九世紀には五フラン銀貨がエキュと呼ばれた。

13　スコットランド出身の西アフリカ探検家ムンゴ・パークが、一七九五〜一七九七年に西洋人として初めてニジェール川をさかのぼり、内陸部に到達して以来、今日でいう人類学・民族学的な知識は飛躍的に増大していった。「ウォロフ」はセネガルからガンビアに至る広域に住む民族であり、奴隷売買にかかわるヨーロッパ人はウォロフ語を習得したという。

彼らは長い隊列を組んであらわれた。疲労と恐怖のために前屈みになっており、二メートル近くある木の棒で首を拘束されている。棒の先は二叉《ふたまた》になっており、その枝先は首の後ろで横木によって固定されていた。前に進むことになると、まず運び屋の一人が最初の奴隷の二叉棒の柄の方を肩に担ぎ、この奴隷はすぐ後ろにつづく奴隷の二叉棒を引きうけ、二番目の奴隷は三番目の奴隷の二叉棒をしょいこむ、という具合につづくのだった。停止することになると隊列の先頭にいる者が、二叉棒の尖った柄の先を地面に差しこむことになっており、これで行列の全体が止まる。なにしろ二メートル近くある重い棒が首にくくりつけられているのだから、脱兎のごとく逃げようなどと考えてもむだであることはすぐわかる。

男か女の奴隷が目の前をとおりすぎるたびに、船長はいちいち肩をすくめてみせた。そして、男はひ弱だし女は婆さんか小娘だ、黒人という人種が退化したのだと嘆く。「何もかも悪くなる一方だぜ」と彼は言うのである、「昔はこんなじゃなかった。女だって身の丈一八〇に届きそうだったし、男四人もいりゃ、三本マストのフリゲート艦の巻き上げ機をぐるぐる回して大錨を引きあげられたもんだ」

こんなふうにケチをつけながらも、彼はいちばん頑丈で見場のよい黒人たちをまっ先によりわけていた。こいつらは相場で買い取ってもよい。だが、ほかの奴らはよっぽど値引きしてもらわねば。対するタマンゴも欲を張り、商品を褒めそやしては、人間を手に入れるのは容易じゃないとか商売も危険になったとか愚痴るのだった。最後に彼は、白人船長が船に積みこんでもよいと思う奴隷全体に対し、いったいいくらと言ったのかは知らないが、ある値段を口にした。

タマンゴの提案を通訳がフランス語に翻訳したとたん、ルドゥーは驚きと怒りのためにのけぞった。そして何やら口汚い罵りの言葉をつぶやくと、こんな頭のおかしい男との取引はごめんだといわんばかりに席を立った。そこでタマンゴが引き留めたが、相手をまた席に着かせるのがやっとだった。新しい酒瓶の栓が抜かれ、交渉が再開された。今度は黒人のほうが、白人の提案をとんでもない滅茶苦茶《めちゃくちゃ》だと言いだした。長いあいだ怒鳴ったり、言い争ったりして、ブランデーをしこたま飲んだ。ただしブランデーは、商談中の双方にまったく異なる効果をおよぼした。フランス人は飲めば飲むほど交換する物資をケチるようになり、アフリカ人は飲めば飲むほど当初の言い分を取り下げたのである。ついに籠が空っぽになったところで、双方の合意が成立した。粗悪な綿織物、火薬、火打ち石、ブランデーの樽が三つ、ろくに修理もしていない銃を五十丁、これらが百六十人の奴隷の代償として与えられる。商談成立を確認するために、船長は泥酔した黒人の掌を打った。ただちに奴隷たちがフランスの水夫たちに引き渡されて、水夫たちは手早く木製の二叉棒を取り外し、鉄製の首輪と手錠に付け替えた。この一事をもってしても、ヨーロッパ文明の優越が明示されたことになる。

　まだ三十人ほどの奴隷が残っていた。子供や老人や病気の女たちだった。船はもう満杯だった。

　売れ残りをもてあましたタマンゴは、ブランデー一瓶につき一人という取引を持ちかけた。悪くない話だった。ルドゥーが思いだしたのは、ナントの町で『シチリアの晩鐘』[14]を観たときのこと、すでに満席になった桟敷席に、たっぷり肉のついたかなりの数の人間が入りこみ、しかも圧縮可能な人体の特性のおかげで着席することに成功したのだった。彼は三十人のうち細いほうから二十人の奴隷をえらんで引き取った。

　するとタマンゴはさらに譲歩して、残りの十人については一人コップ一杯のブランデーでいいと言う。乗合馬車でも子供は半額で場所も半分だしな、とルドゥーは考えた。そこで三人の子供を引き取った。だが、これ以上は一人だって黒人は引きうけないぞと宣言した。片づかない奴隷がまだ七人もいることがわかり、タマンゴは銃をつかんでまずこちらにやってきた若い女に狙いを定めた。三人の子供の母親だった。――「買ってくれよ」と彼は白人に言った、「さもないとあいつを殺すぜ。ブランデーたったの一杯か、それとも一発お見舞いするか」。――「そんな奴、何の役に立つ」とルドゥーが言った。タマンゴが銃を撃ち、奴隷は地面に倒れて死んだ。「さあ、おつぎの番だ」とよれよれになった老人に銃口を向けてタマンゴが叫んだ、「ブランデー一杯か、それとも……」。タマンゴの女房の一方が、咄嗟《とっさ》に腕にしがみついたため、弾はあらぬ方向に飛んだ。亭主が殺そうとした老人が、末は女王になるよと占ってくれたグリオつまり魔術師[15]であることに、女房は気づいたのである。

タマンゴはブランデーのせいで頭に血が上っており、自分の意思に逆らう者がいる

14　一八一九年初演のカジミール・ドラヴィーニュ脚本の悲劇で、十三世紀シチリアの名高い民衆暴動を扱ったもの。ヴェルディの同名の歌劇は一八五五年初演。

15　西アフリカの黒人社会において、伝統を継承する知識階級であり音楽家でもある「グリオ」は畏敬の対象だった。十八世紀のラバ神父など宣教師による報告や、一九世紀初頭の探検記・旅行記などが、カリブ海やアフリカにおける黒人の習俗に関する具体的な情報を大量にもたらしていた。

と見るや、逆上した。銃床で女房をしたたかに打って、それからルドゥーのほうに向きなおり、「ほら」と言った、「この女をあんたにくれてやるよ」。女は綺麗だった。ルドゥーはにんまり笑って女を見つめ、手を取った。「こいつの置き場なら、何とかなるさ」と彼は言った。

通訳は人間的な男だった。タマンゴにボール紙の煙草入れをやって、残り六人の奴隷をもらいうけた。そして二叉棒をはずしてやり、どこでも好きなところに行ってよいと告げた。彼らはただちに逃げだし、てんでんばらばらに散っていったが、海岸から二百里もある故郷にもどるのはさぞや難儀なことだろう。

その間に船長はタマンゴに別れを告げ、仕入れた荷を一刻も早く船に積みこもうと懸命になっていた。川に長く停泊していることは剣呑だった。いつまた巡洋艦が姿をあらわすか知れないし、ともかく翌日には帆を上げるつもりなのだ。一方のタマンゴは、木陰になった草地に寝そべると、ぐっすり眠りこんでブランデーの酔いが醒めるのを待った。

彼が目を覚ましたとき、船はすでに帆を張り川を下っているところだった。タマンゴは寝る前に浴びるほど飲んだせいで頭がぼんやりしており、女房のアイシェはどこにいるかと尋ねた。説明されたところによれば、不運にもタマンゴの不興を買ってしまったために、彼自身が白人船長に贈り物として進呈し、船長が船に乗せたという。これを聞いてタマンゴは吃驚仰天《びっくり》し、自分の頭を叩いた。それから銃をむんずとつかむと、川は海に注ぐまえに何度か蛇行しているから、いちばんの近道を駆けぬけることにして、河口から半里ほどの小さな入江をめざしたのである。そこで丸木船を見つけてブリッグ船に追いつくことができるという目算だった。川はくねくねしており、そう速くは進めるまい。この考えは正しかった。じっさい彼は丸木船に飛び乗り、奴隷船に追いつくことができた。

男があらわれたのを見て、ルドゥーは驚いたが、男が女房を返せというのを聞いて、もっと驚いた。「一度くれたものを、取り返せるもんか」と彼は答え、くるりと背を向けた。黒人はあきらめず、奴隷と交換に受けとった品の一部を返すからとせっついた。船長は笑いだし、アイシェはなかなかいい女だから手放す気はないと言う。すると憐れなタマンゴは滂沱《ぼうだ》の涙を流し、外科手術を受ける怪我人よろしく鋭い苦痛の叫びをあげた。愛しいアイシェの名を呼びながら甲板のうえをころげまわるかと思うと、死ぬ気だといわんばかりに舷側に頭を叩きつけたりするのだった。船長は動じる気配もなく、岸辺を指さして、今ならまだ引きあげることができるぞと合図した。だがタマンゴはあきらめなかった。金色の肩章も、銃も、サーベルもやるからと言った。すべてはむだだった。

この騒ぎの最中に、エスペランス号の一等航海士が船長に耳打ちした、「夜のうちに死んだ奴隷が三人いるので、場所が空いてますよ。このがっしりした奴を捕まえておいたらどうです？　こいつ一人で、死んだ三人以上の値打ちがありますぜ」。ルドゥーは考えた、タマンゴはまちがいなく千エキュで売れるだろう、つまり今回の航海はかなりの大儲けになりそうだから、たぶんここでけりをつけられる、一財産こさえて奴隷取引をやめるとなったら、ギニアの海岸に自分が残す評判がよかろうと悪かろうと、どうだっていいじゃないか、と。おまけにこの辺りの海岸には人気《ひとけ》がまったくない、アフリカの戦士は今や完全に彼の手中にあった。男から武器を取りあげさえすればいいのである。武器を保有しているときに手出しをするのは危険な相手だった。そこでルドゥーは、しっかり銃を調べて美人のアイシェにおとらぬ値打ちがあるか確かめたいというふりをして、銃を受けとった。そしてバネの手応えを確認しながら雷管の火薬をそっと振り落とした。航海士のほうはサーベルを手に取っていじっていた。

こうしてタマンゴが武装解除されたところで、二人の屈強な水夫が飛びかかり、仰向けにひっくり返すと、ただちに縄で縛りあげようとした。黒人は雄々しく抵抗した。不意打ちの衝撃から立ちなおると、不利な条件にもめげず、二人の水夫を相手にしゃにむに闘った。怪力のおかげで、ひとまず身を起こすことに成功した。首っ玉にしがみついている水夫を拳固の一撃で打ちのめした。もう一方の水夫の手に裂けた服の切れ端を残し、狂ったように航海士に飛びかかり、サーベルをもぎとろうとした。すかさず航海士がサーベルで頭を打ち、大きな傷を負わせたが、傷は深くはなかった。タマンゴはふたたび倒れた。すぐさま両手両足が、ぎりぎりと縛りあげられた。男は抵抗をつづけるあいだは怒りの咆哮《ほうこう》を上げ、網にかかった猪のように暴れまわっていた。ところが逆らってもむだだと悟るや、目を閉じて、身動きもしなくなった。ただ荒くせわしない息だけが、男がまだ生きていることを告げていた。

「ざまあみろ！」とルドゥー船長は叫んだ、「あいつに売られた黒人どもは、おあいこにあいつが奴隷になっちまったのを見て、けらけら笑うだろうよ。神さまの罰《ばち》が当たるってことが、おかげさんで連中にもわかるってことだ」。その間にも憐れなタマンゴは、どくどく血を流していた。前日に六人の奴隷の命を救ってやった慈悲深い通訳が彼に近づいて、傷口に包帯を当て、何やら慰めの言葉をかけた。どんなことを言ったのかは、知るところではない。黒人は、まるで屍体のようにぴくりともしなかった。二人の水夫が荷物のように彼を担ぎ、船倉の指定された場所まで運んでやらねばならなかった。彼は飲まず喰わずで二日をすごした。目を開けたかどうかさえ定かではなかった。今では囚われの仲間だが、もとはといえば彼の囚人だった連中は、彼が自分たちのところに忽然《こつぜん》とあらわれたのを見て、ただ度肝を抜かれたらしかった。彼が抱かせる恐怖はいまだ強烈なものであったから、自分たちのみじめさの原因をつくった男のみじめさをあざける度胸のある者は一人もいなかった。

　陸地から吹く順風に恵まれて、船はアフリカの岸辺からどんどん遠ざかってゆく。イギリスの巡洋艦を心配する必要もなくなって、船長はめざす植民地で彼を待ち受けているはずの莫大な稼ぎのことだけを考えていた。商売ものの「黒檀」は、大きな損害はまぬがれている。疫病も発生していない。十二人の黒人が、暑さのために死んだが、いちばんひ弱な連中だ。たいした損害じゃない。[16]積み荷である人間が航海のために消耗するのをなるべく防ごうと、ご親切にも毎日奴隷を甲板に出してやることにした。気の毒な人間たちは、かわりばんこに三分の一ずつが、一時間の猶予を与えられ、一日分の空気を吸って貯めこむことになっていた。船員の一部が武器で全身を固めて見張りに立つのは、反乱を恐れてのことである。それに用心のため、鉄鎖をすっかりはずしてやることはなかった。ヴァイオリンを弾ける水夫が、ときに演奏を聴かせてもてなすこともある。それは奇妙な光景だった。黒い面《おもて》がそろって楽士のほうを向き、しだいに腑抜けのような絶望の表情が消えてゆくと、馬鹿笑いをして、ついに鎖が許す範囲で手を叩いたりするのである。——体を動かすことは健康のために欠かせない。そこでルドゥー船長が実践する養生の一つが、奴隷たちをしょっちゅう踊らせることだった。船に積んだ馬にも、長い航海のときには、前脚を高くあげる運動をさせるではないか。「それ、おまえら、踊るんだ、楽しめったら」と船長が雷のような声で怒鳴って駅馬車用の大きな鞭をぴしりと鳴らす。すると憐れな黒人たちは、跳ねたり踊ったりするのだった。

16 アフリカ大陸からカリブ海植民地への「中間航路」の惨状を訴える「キリスト教道徳協会」(「解説」一九九ページ参照)によって、渡航中の死亡率を五分の一から四分の一と推定する告発が一八二六年になされている。

しばらくのあいだタマンゴは傷のためにハッチの下に釘づけになっていた。ついに甲板のうえに彼があらわれた。そしてまず、臆病そうな奴隷の群のまんなかで誇り高く頭をあげてから、哀しげだが落ちついたまなざしで、船をとりまく果てしない海の広がりを見わたした。それからごろりと横になったが、鉄鎖が邪魔にならぬよう按配する気さえないらしく、むしろ上甲板の床にくずおれたという感じだった。ルドゥーは船尾楼に腰かけて、のんびりとパイプをふかしていた。彼のかたわらにはアイシェが控えていたが、足に鎖はなく、青い木綿の洒落たドレスを着込み、モロッコ革の可愛いスリッパを引っかけて、手にはリキュールをのせた盆をもち、今にもお酌をしようという風情《ふぜい》だった。女が船長のおそばで高級なお役目を果たしていることは一目で明らかだった。タマンゴを嫌っている黒人が、あちらを見ろと合図をした。タマンゴはふり返り、彼女を認め、叫んだ。がむしゃらに立ちあがると、見張りの水夫たちが船上の規律に対する言語道断な違反を押しとどめるより早く、船尾楼のほうに駆け寄った。そして「アイシェ！」と雷鳴のような声で怒鳴った。アイシェは恐怖の叫びをあげた。「おまえ、白人の国にはママ＝ジャンボ[17]がいないとでも思っているのか？」すでに棍棒をふりあげた水夫たちが駆けつけていた。しかしタマンゴは、腕組みをして、まるで何事もなかったかのように、平然と自分の場所にもどった。一方のアイシェはわっと泣きだし、魔法の言葉のために身動きもできぬかのようだった。名を聞いただけで怖気《おぞけ》をふるう、その恐るべきママ゠ジャンボとは何なのか、通訳が説明した。「黒人どものお化けですよ」と彼は言った、「フランスでもアフリカでも少なからぬ女たちがやる例のことをですな、かりに亭主が自分の女房がやるんじゃないかと心配になったとしたら、そのママ゠ジャンボでもって脅すわけです。かくいうわたしは、ママ゠ジャンボなるものを見たことがありまして、嘘っぱちであることがすぐわかった。しかし黒人ってものは……、なにせ単純だから、何もわかっちゃいない。――こんな具合でした、ある晩、女たちが気晴らしに踊りを、土地の言葉で言うならフォルガル[18]をやっていた、そのとき、こんもり茂って真っ暗な小さな森から、奇

17　ムンゴ・パークの探検記は、西アフリカの習俗に関する貴重な情報源とみなされており、「ママ゠ジャンボ」についても詳細な記述がある。フランス革命後のヨーロッパでは、インドやエジプトの古代宗教と並んで、アフリカの「異教」とその謎めいた宗教儀式への関心が高まっていた。なお英語の mumbo jumbo は「ばかげた宗教儀式、ナンセンス、迷信的崇拝物」等を指す一般名詞として今日の辞書にも載っている。

妙な音楽が聞こえてくる、だれが音を出しているのか、見えないわけですよ。音を出している連中はみんな森に潜んでいた。芦の笛、木の太鼓、バラフォン［木琴］や瓢箪《ひょうたん》を半分切りにしたギターなんかがありまして。それがごっちゃになって、よくいう悪魔の葬式みたいな狂った曲をやっている。女たちは、この曲を聴いたとたんにがたがたふるえはじめた。逃げだそうとするが、亭主たちにとっ捕まる。どんな目に遭わされるか、わかっているんですな。森のなかから突然、まっ白で大きなものが出てくる、この船のトガン・マストぐらいの背丈があって、頭は五升枡よりでかくって、目の大きさも錨鎖《びょうさ》を通す穴ぐらいあって、悪魔のように裂けた口は中が光っているんですよ。そいつがゆっくり、ゆっくり歩いてくる。でも森から一〇〇メートルよりこっちには近寄らないんで。女たちは《ママ＝ジャンボが来た！》って叫ぶ。蠣《かき》売りの女みたいにわめくんです。そこで亭主たちがこう返す、《そら、やくざな女ども、白状しろ、おとなしくしていたか、もし嘘をついたら、ママ＝ジャンボさまがそこにいる、おまえらを生きたまま喰っちまうからな》。あっさり白状してしまう単純な女たちもいましてね、亭主たちに袋だたきにされたもんです」

「その白いもの、そのママ＝ジャンボって奴は、要するに何なんだ？」と船長が訊ねた。

「いや、じつはふざけた男が大きな白い布をかぶっているだけで、頭のかわりには、カボチャをくりぬいて火を灯した蠟燭《ろうそく》を入れ、大きな棒の先につけてもっているんです。たいした仕掛けじゃない。黒人をだますのに、そう知恵をしぼる必要はありませんや。それにしても、このママ゠ジャンボ、なかなか気の利いた発明ですな、うちの女房が信じてくれたらありがたいもんだ」

「おれの女房なら」とルドゥーは言った、「ママ゠ジャンボのことは恐《こわ》がらなくても、おれさまの棍棒は恐がるさ。それにあいつがおれに対して妙なことをやったらどんなお仕置きをされるか、ちゃんと知っている。ルドゥーさまご一族は代々短気なんだ、腕は一本だが、鞭であばずれ女を仕込む[19]ぐらいの腕っ節はあるからな。ところで、マ

18 ラバ神父は楽器と歌謡と舞踊を伴う「フォルガル」について報告しており、バラフォンや瓢簞ギターの具体的な描写もある。

19 ルドゥーはトラファルガー海戦で片手を失っている。garcette は船乗りが懲罰のときに使う紐を編んだ鞭を指すが、同じ綴りで「小娘」を指す単語もある（garçon の女性形）。manier une garcette は掛詞であると考えて意訳した。

マ＝ジャンボとか言って脅しやがったあそこの馬鹿者に、よく言っておいてくれ、行儀よくしろ、こちらの可愛いかみさんを恐がらせるな、さもないと背骨をズタズタにしてやる、黒い太ももが生焼けのステーキみたいにまっ赤になるぞってな」

そう言いおいて、船長は船室に降りてゆき、アイシェを呼んで慰めようとした。しかし優しく撫でてみたり、しまいに堪忍袋の緒が切れて、ついに殴ったりしてみても、美しい黒人女はいっこうに言うことを聞かない。滝のような涙が目からあふれるばかりだった。船長はすっかり不機嫌になって甲板にもどり、当番の航海士の操舵法がわるいと喧嘩をふっかけた。

その夜、乗組員がそろって寝静まったころ、見張りの男たちがまず耳にしたのは、船倉から聞こえてくる重々しく、荘厳で、不気味な歌声だった。つんざくような女の叫び声がこれにつづいた。まもなくルドゥーの野太い声が悪態と脅しの言葉を吐き散らし、恐ろしい鞭の音が船の隅々まで響きわたった。それは一瞬の出来事で、すべてが静寂に包まれた。翌日、タマンゴは顔に深い傷を負って甲板にあらわれたが、尊大で決然たる様子はいつもと変わらなかった。

アイシェは彼の姿を見かけると、船長のかたわらに坐っていた船尾楼をはなれ、素早くタマンゴのほうに駆けてゆき、彼のまえに跪《ひざまず》いて、せっぱつまった絶望の声音でこう言った。「赦《ゆる》しておくれ、タマンゴ、赦しておくれ！」タマンゴは一分ほどじっと彼女を見つめていたが、通訳が遠のいたのを見とどけると、「ヤスリだ！」と言った。そしてアイシェに背を向け、ごろりと上甲板に寝ころんだ。船長は彼女を激しく叱りつけ、いくつか平手打ちさえお見舞いし、以前の亭主に話しかけることは厳禁だと告げた。しかし、二人が交わした短いやりとりの意味を探る気はないらしく、その点については何も聞かなかった。

一方で、ほかの奴隷たちといっしょに船倉に閉じこめられたタマンゴは、夜となく昼となく、自由をとりもどすために勇敢に一か八かやってみようじゃないかと誘いをかけていた。彼が言うには、白人は人数も少ないし、見張りはますますだらしなくなっている。そして明確な説明は避けながら、奴隷たちを故郷《くに》に連れ帰ることができると仄めかすのだった。黒人は魔術に目がないものだが、彼はその魔術を相当に知っていると自慢した。自分の企みに協力しないやつは、悪魔の復讐でひどい目に遭うぞとも言った。この説得をするために、彼はプル族の方言[20]しか使わなかった。奴隷の大方には通じるけれど通訳には理解できない言葉だからである。演説する者は名高い男だったし、奴隷たちは彼を恐れ、彼に従う習慣が身についていたから、それが雄弁の効果をいやがうえにも高めたものらしい。黒人たちが解放される日をはっきり告げてくれと彼にせっつくようになったのは、実行する準備がととのったと本人が考えるより、ずっと前だった。そこで彼は口を濁して隠謀の仲間に対し、まだその時期ではない、夢枕に立つ悪魔がまだお告げをくれないのだが、合図一つで応えられるよう準備はぬかりなくしておけ、と返答した。彼はその間も、監視役の見張りがどのていど厳しいか、ささいな機会も逃さずに確かめていた。あるときは、一人の水夫が銃を船べりに立てかけたまま、飛び魚の群が船を追いかけてくるのを眺めて楽しんでいた。タマンゴは銃を手に取って、これをいじくり、水夫たちが訓練のときにやる身振りを見よう見まねでグロテスクにやってみせた。銃はまもなく取りあげられてしまったが、たとえ自分が武器にさわっても、それだけでただちに警戒されることはないとわかったのである。いよいよ武器を手に闘うことになったら、おれの手からそいつを奪い返そうとする奴には目にものを見せてくれる。

ある日、アイシェが彼に乾パンを投げ与え、彼だけにわかる合図をした。乾パンには小さなヤスリがしのばせてあった。隠謀の成否は、この小さな道具に賭けられている。タマンゴはその場でヤスリを仲間に見せようとしなかった。だが夜になると、彼は意味不明の言葉をぶつぶつとつぶやきはじめ、奇妙な仕草をこれに添えた。だんだんと興奮してきて、ついに叫び声をあげた。彼の声の抑揚がさまざまに変わるのを聞いていると、どうやら見えない者を相手に丁々発止のやりとりをしているように思われる。奴隷たちはみな、ふるえていた。まさに今、自分たちのなかに悪魔がいるのはまちがいない。タマンゴは一声歓声をあげて、この場面にけりをつけた。「おい仲間たちよ」と彼は叫んだ、「おれが頼みにしてきた精霊さまが、ついに約束の品を授けてくれた。おれたちが解放される道具を、おれは手にもっている。今や、ちょっとばかりの度胸があれば自由の身になれるのだ」。彼はそばにいる連中にヤスリをさわらせた。こうしてなんとも単純素朴なペテンが、もっと単純素朴な男たちの信用を勝ち得ることになったのである。

長い待機ののち、ついに復讐と解放のためのその日がやってきた。隠謀に加担する

20 「プル族」は西アフリカに住む民族であり、その言語はセネガルからカメルーンまで広く話されていた。

者たちは、厳かな誓いによって盟約をむすび、じっくりと検討をかさねたうえで計画を練りあげた。いちばん剛胆な男たちが、タマンゴを先頭にして、甲板に出る順番がまわってきたときに見張りの男たちの武器を奪いとることになった。ほかの数人が船長の部屋に押し入り、そこにある銃を奪うことにする。鉄の鎖をヤスリで切ることができた者たちから戦闘を開始すればよい。しかし、幾夜にもわたる辛抱《しんぼう》強い仕事にもかかわらず、奴隷たちの大半は、予定の行動に全力で参加するのはむずかしい状態にあった。そこで三人の屈強な黒人が、鉄鎖の鍵をポケットに入れてもち歩いている男を殺す役目を請け負った。鎖に繋がれたままの仲間をただちに解放するという手筈である。

その日、ルドゥー船長は上機嫌だった。めずらしいことに、彼は鞭打ちになるはずの見習い水夫を赦してやった。当番の航海士にむかって操舵が巧いと褒めた。自分は満足している、と乗組員たちに告げ、もうじきにマルティニークに到着するはずだが、着いたら褒美を与えると約束した。水夫たちはそろってこの喜ばしい話に夢中になり、もう頭のなかでは褒美の使い道などを考えていた。彼らはブランデーのことや、マルティニークの褐色の女たちのことなどに思いをめぐらせていたが、ちょうどそのとき、タマンゴと隠謀の仲間たちが甲板につれだされた。

彼らは用心して、鎖が切れてはいないように見えるがちょっと力を入れただけで断ち切ることができるような具合に、ヤスリで削っておいた。しかも彼らはわざと大きな音を立てたので、その音を聞くかぎり、ふだんの倍の鎖をひきずっているかのようだった。しばらく空気を吸ったのち、タマンゴがむかし戦闘に赴くときに歌った一族の戦さの歌を歌いだすと、[21]全員が手に手を取りあって踊りはじめた。踊りがしばらくつづくと、タマンゴはへとへとに疲れたとでもいうように、舷側にのんびり寄りかかっていた水夫の足もとに長々と寝そべった。隠謀の仲間全員がこれに倣《なら》った。その結果、水夫たちはそれぞれに何人かの黒人に囲まれたかたちになった。

そっと鎖を断ち切っていたタマンゴが、不意に大きな叫び声をあげ、これが合図となった。彼は近くにいた水夫の両脚を強く引っ張り、相手をひっくり返して、腹を足で踏みつけ、銃をひったくり、当番の船員を射殺した。それと同時に、見張りの水夫は片端から攻撃され、武器を奪われ、たちまち惨殺された。あちこちから鬨《とき》の声があ

21（原注）黒人の首領はそれぞれ自分の戦さの歌をもっている。

がる。鉄鎖の鍵をあずかる水夫長は、まっ先に殺された一人だった。黒人がぞろぞろ出てきて甲板をいっぱいにした。武器を手に入れることができない連中は、巻き上げ機の棒やボートの櫂《かい》をつかむ。この瞬間から、ヨーロッパ人の乗組員は負けたも同然だった。何人かの水夫が船尾楼を足場に抵抗をこころみたものの、いかんせん武器と根性が足りなかった。ルドゥーはまだ生きており、勇気は微塵も失せていなかった。謀反の中心人物はタマンゴであると見てとり、この男さえ殺せば、共犯者どもは容易に片づくだろうと期待した。そこで彼は大声で相手の名を叫びながら、サーベル片手に飛びだした。すぐにタマンゴが駆け寄った。彼は銃身の先をつかんだ銃をハンマーのように振り回していた。中甲板のうえ、船首と船尾楼をつなぐ狭い通路のうえで、二人の親玉は出くわした。タマンゴが先に襲いかかった。白人は軽い身ごなしで打撃を避《よ》けた。銃床が激しく床に当たり、砕け散った。衝撃があまりに強烈だったため、武器がタマンゴの手からすべり落ちた。彼は丸腰になった。ルドゥーは悪魔のようににやりと笑い、腕を振りあげて相手を刺し貫こうとした。しかしタマンゴは故郷《くに》の豹のように敏捷なのである。敵のふところに飛びこんで、サーベルをもつ手につかみかかった。一方が武器を離すまいとすれば、他方がこれを奪わんとする。激闘の最中に両者はどうと倒れたが、下敷きになったのはアフリカ人だった。それでもタマンゴはあきらめず、敵を力いっぱい羽交い締めにして、猛烈ないきおいで喉笛に喰らいつく。ライオンに嚙まれたように血が噴きだした。船長の手の力が抜けてサーベルが落ちた。タマンゴはこれをつかみ、立ちあがって血だらけの口で勝利の雄叫びをあげ、息も絶え絶えの敵を二度刺した。

勝利は疑うべくもなかった。わずかに残った水夫たちが反乱を起こした者たちに憐れみを乞おうとしたが、一人残らず、いつも彼らをかばってくれた通訳までが、容赦なく虐殺された。一等航海士は豪快な死を遂げた。後甲板の小型の大砲のかたわらに陣取ったが、それは軸上で回転し散弾をこめて打つ方式のものだった。彼は左手で大砲の狙いを定めながら、サーベルを握った右手で巧みに身を守っており、黒人が周囲に山ほどあつまってきた。そこで彼が大砲の引き金を引いたので、この人混みの中心に広く帯状に屍体や瀕死の人間がごろごろところがった。その直後に彼は切り刻まれた。

最後の白人がずたずたに斬られ、ばらばらにされて、海に投げこまれてしまうと、黒人たちは復讐をなしとげたことにすっかり満足し、船の帆のほうに目をあげた。帆は爽やかな風にふくらんで、自分たちを虐げた連中の意思に従うことをやめようとせず、こうして戦いに勝ったにもかかわらず、勝者となった自分たちを奴隷の国へ運んでゆくように思われた。「これじゃあ何もやらなかったみたいだ」と彼らは意気消沈して考えた、「白人たちの崇める守り神《フェティッシュ》のこのでかい船が、主人たちの血にまみれたこのおれたちを、おれたちの故郷にはこんでくれるだろうか?」[22] タマンゴなら船に言うことを聞かせられるだろう、と何人かが言いだした。さっそく大声でタマンゴの名を呼んだ。

彼はなかなか姿をあらわさなかった。船尾の部屋で彼は見つかった。突っ立ったま ま、船長の血だらけのサーベルに片手でもたれ、もう一方の手は女房のアイシェにぼんやりとゆだねていたが、女は亭主のまえに跪き、その手に接吻しているのだった。戦いに勝った喜びにもかかわらず、陰鬱な不安が減じることはなく、それは彼の素振りからじわりと滲みでるようだった。ほかの連中ほど単純素朴ではなかったから、自分の置かれた立場の困難さがよくわかっていたのである。

ありもしない平静さをよそおって、彼はようやく甲板に姿をあらわした。船の走行を指揮してくれと口々に叫ぶ大勢の声にうながされ、ゆっくりした足どりで舵に近づいた。彼の能力のおよぶ範囲が、彼自身にとってもほかの連中にとっても決定的に明らかになる瞬間を、少しでも遅らせようとするかのようだった。なんだか車輪のようなものと、その前に置かれた四角い箱が、船舶の動きに影響を及ぼすという事実に気がついていない黒人は、いかに愚かな者であろうとも、船上には一人もいなかった。それにしても、この機械仕掛けには、とてつもない神秘が込められているように彼らには思われた。タマンゴは長いあいだ羅針盤を調べ、そこに書かれた文字を読みとるかのように唇を動かしていた。それから手を額に当てて、暗算をする人のように考え深そうな様子を見せた。すべての黒人が彼をとりかこみ、あんぐり口を開き、目を皿のようにして、彼の一挙手一投足を不安げに見守っていた。ついに、無知に由来する怖気《おじけ》と自信がいっしょくたになったのか、彼は操舵輪をぐいっと乱暴に動かした。

22　「中間航路」における奴隷の反乱については、じっさいに起きた事件の調査報告からフィクションまで、さまざまの情報源が存在した。かりに反乱が成功しても、支配者となった黒人は（当然のことながら！）帆船の操縦法を知らない。大方はヨーロッパの船はおろか海さえ見たことのない内陸出身者なのである。

堂々たる駿馬《しゅんめ》が無茶な騎手の拍車をうけて後ろ脚で立ちあがるかのように、美しい帆船エスペランス号は、この前代未聞の指令をうけて、波のうえに踊りあがった。憤慨した船が、無知蒙昧《むちもうまい》な操縦者もろとも水没しようと決意したかのようだった。張られた帆の角度と舵の定める進行方向との必然的な関係が乱暴に断ち切られたために、船は急激に傾いてゆき、今にも沈没するかと思われた。長い帆桁が潮をかぶった。何人かが転倒し、数名が舷側をこえて海に落ちた。まもなく船は迫る大波に凛々しく立ち向かい、最後の力をふりしぼって破壊に抵抗するかのような風情を見せた。風がいきおいを増した、そして突然、恐るべき大音響とともに、二本のマットが床から人の背丈ほどのところでぽきりと折れ、甲板は無数の残骸や重い綱でつくった網のようなものでおおいつくされた。

ふるえあがった黒人たちは恐怖の叫びをあげて昇降口のしたに逃げこんだ。一方で風をはらむ帆がなくなってしまったために、船はおのずと姿勢を立てなおし、波間にゆらゆらと揺れていた。そこで大胆な黒人たちがまた甲板のうえに昇ってきて、あたり一面をふさいでいる残骸を片づけた。タマンゴは羅針盤の箱に肘をもたせかけ、曲げた腕のしたに顔をかくしたまま、身動きもしなかった。かたわらにアイシェがいたけれど、あえて声をかけようとはしなかった。しだいに黒人たちが近寄ってきた。一つのつぶやきが聞こえ、しだいに非難と罵詈雑言《ばりぞうごん》の嵐に変わっていった。「裏切り者め！　ペテン師め！」と彼らは叫んだ、「おれたちの苦労は、みんなおまえのせいだ、おまえがおれたちを白人たちに売り飛ばした、白人たちに対して反乱をおこすように無理やり仕向けたのも、おまえじゃないか。おまえは何でも知ったふりをして、おれたちを故郷《くに》に連れて帰ると約束した。おまえのことを信じるなんて、頭がどうかしていたぜ！　つい今だって、白人たちの守り神《フェティッシュ》をおまえが怒らせたもんだから、あやうく全員がお陀仏《だぶつ》になるところだった」

タマンゴは昂然と頭をあげた。すると彼をとりまいていた黒人たちは脅えて後ずさりした。彼は二丁の銃を拾いあげ、女房についてこいと合図して、彼の前で道をゆずる人びとのあいだを通りぬけ、船首のほうに向かっていった。そこで彼は空き樽と板きれを使って砦のようなものをこしらえた。そして要塞のような空間のどまんなかに腰をおろしたが、そこからは二本の銃剣のきっ先が、脅かすように突きだしていた。みなは手出しをしないことにした。反乱に加わった者たちのなかには、泣いている者もいれば、両手を天に差しのべて自分たちの崇める守り神《フェティッシュ》や白人たちの守り神に救いを乞う者もいた。ある者は羅針盤のまえに跪き、それがひっきりなしに動くのに感心しながら、故郷に連れ帰ってくれと懇願した。ほかの者は甲板に寝ころんで、陰気に打ちのめされていた。こんなふうに絶望した者たちのなかには、おのずと想像されるように、恐怖のために泣きわめく女や子供がいたし、二十人ほどの負傷者もいて助けを求めていたのだが、むろん助けようなどと思う人間はいなかった。

突然、一人の黒人が甲板のうえにあらわれた。顔が輝いている。報告するところによれば、白人たちがブランデーをしまっておく場所を発見したという。嬉しそうな顔と素振りからして、しっかり試飲したことは明らかだった。この吉報のおかげで、不幸な人びとの叫び声がぴたりと止んだ。彼らは食糧庫へと走り、しこたまアルコールを飲んだ。一時間もたつと、甲板のうえで踊り狂ったり笑いこけたりする人びとが見られるようになり、野蛮きわまる泥酔のありとあらゆる乱痴気騒ぎが繰りひろげられた。彼らの踊りと歌の伴奏のように、負傷者たちの呻き声とすすり泣きが聞こえていた。その日が暮れ、夜中もずっと、こんなふうにして時がすぎた。

翌朝、目が覚めると、新たな絶望がまちうけていた。夜のあいだに負傷者の多くが死んでいた。漂流する船のまわりにも死骸が浮いていた。海は荒れ、空は靄《もや》にかすんでいた。みなで相談することにした。少しばかり魔術の心得がある者たちがおり、これまでタマンゴのまえでは腕前を自慢する度胸はなかったが、自分がやってみてもよいと代わる代わる申し出た。いくつか強力な呪《まじな》いが試された。こころみが虚しいとわかるたびに落胆は大きくなった。ついにまたタマンゴの名が口にされたが、彼は要塞に立てこもったままだった。考えてみれば、自分たちのなかでいちばん利口なのはあの男なのであり、彼がもたらしたこの窮状から自分たちを救いだせるのは、彼を措いてほかにないだろう。一人の老人が、和平の申し入れと称して彼に近づいた。こちらに来て意見を述べてほしいと言う。しかしタマンゴは、コリオラヌス[23]よろしく頑として願いを撥《は》ねつけた。混乱に乗じ、夜のあいだに乾パンと塩漬け肉を調達したのである。彼は一人隠れ家で生きのびる覚悟らしかった。

ブランデーはまだあった。これがあれば、海のこと、奴隷の身であること、死が近いことを、少なくとも忘れることができた。眠りこけてアフリカの夢を見る、そして

23 コリオラヌスは古代ローマの将軍（前五世紀〜前四世紀）。自分を追放した祖国に対して戦争を仕掛け、元老院の和平の説得にも応じなかったとされる。

ゴムの木の林を、藁で屋根をふいた小屋を、村をすっぽり木陰でおおうバオバブの木々を思い浮かべるのだった。前夜と同じ酒盛りがはじまった。こんなふうにして数日がすぎた。叫び、泣きわめき、髪をむしり、やがて泥酔して眠りこむ、これが彼らの生活だった。何人かが飲み過ぎで死んだ。海に身投げした者も、刃物で命を絶った者もいた。

ある朝、タマンゴは砦を出て大マストの丸太のそばまでやってきた。「奴隷ども」と彼は言った、「精霊さまが夢にあらわれて、教えてくださったぞ、ここから抜けだして故郷に帰る方法をな。おまえらは恩知らずだから、見捨てるのが当然なのだが、泣き叫んでいる女子供が憐れになった。赦してやるから、おれの話を聞け」。すべての黒人がうやうやしく頭を下げ、彼のまわりにひしめいた。「白人だけが」とタマンゴは言葉をつづけた、「こういう木でできたでかい家のようなものを動かす呪いの言葉を知っている。しかし、おれたちの故郷の小舟に似た軽い舟であれば思いのままに操れるだろう」。そう言って彼は、帆船に備えられた大型カヌーといくつかの小型カヌーを指さした。「食糧を積みこんで、これらの小舟に乗りこみ、風の吹く方向にしたがって櫂を漕ごう。おれの守護神さまとおまえらの守護神さまが、故郷のほうに向かって風を吹かせてくださるにちがいない」みなはこれを信じた。またとないほど突飛な計画だった。羅針盤の使い方も知らず、しかも見知らぬ空の下であったから、やみくもに彷徨《さまよ》う以外のことができるはずはなかった。だが彼の考えによれば、ひたすら前に向かって進んでいけば、いずれは黒人たちの住む土地が見つかるはずだった。それというのも黒人たちは土地をもっており、白人たちは船のうえで生きている。自分の母親がそう言うのを、彼は聞いていたからだ。[24]

まもなく小舟に乗り移る準備がととのった。しかし使用に耐えると思われたのは、大型カヌーのほかは小型カヌー一艘だけだった。生き残っている八十人近くの黒人を乗せるには不充分だった。怪我人と病人は見捨てなければならなかった。大方の者が、置き去りにするならそのまえに殺してくれと哀願した。

たいそう苦労して二つの小舟を海面に降ろしたのだが、いずれも山のように荷を積

24　一八二〇年に刊行されたガスパール・テオドール・モリアンの西アフリカ探検記に、「ヨーロッパ人は水上で生活しており、土地も家も家畜ももたないと黒人は信じている」との証言がある。船に乗ってやってくる白人しか目にしたことのないアフリカ人にとって、これは空想ではなく経験によって根拠づけられた理解である。

んでおり、母船を離れてさざ波の立つ海に乗りだしてみたものの、いつなんどき海に飲みこまれるかしれないという状況だった。小型のカヌーが先に遠ざかった。タマンゴはアイシェをともない大型カヌーのほうに陣取ったが、こちらは舟も重いし荷も多すぎたから、相当に遅れをとることになった。ブリッグ船に置き去りにされた不運な連中のあわれな叫び声が、まだ聞こえていた。と、そのとき、かなり大きな波が小舟を横ざまに襲い、水浸しにしてしまった。一分もたたぬうちに舟は沈没した。小型カヌーからはこの災難が見えており、このうえ溺れた人間を何人も拾いあげるのは迷惑千万だったから、漕ぎ手たちはいっそう漕ぐ手に力をこめた。大型カヌーに乗った人びとの大方が溺れてしまった。十二人ほどが母船にたどりついた。タマンゴとアイシェもその中にふくまれていた。太陽が沈むころ、小型カヌーは水平線の彼方に消えていったが、その後どうなったかは、だれも知らない。

さてここで飢餓に責め苛まれる者たちの忌まわしき描写によって、読者をうんざりさせることはやめておこう。かぎられた空間に押しこめられた二十人ほどの人間が、ときには荒れる海に弄《もてあそ》ばれ、ときには照りつける太陽に焼かれ、明けても暮れても残り少ない食糧を奪いあう。乾パンのひとかけらのために人は闘ったのであり、弱者は死んでゆく。強者が殺すのではなく、死ぬにまかされたのである。数日が経過したのち、帆船エスペランス号のうえで生きながらえていたのは、タマンゴとアイシェだけだった。

＊＊＊＊＊＊＊

ある夜、海は大荒れになり風が激しく吹いていた。闇があまりにも深いため、船尾から船首が見えぬほどだった。アイシェは船長の部屋のマットに横になっており、その足下にタマンゴが蹲《うずくま》っていた。すでに長いこと二人は沈黙を守っていた。「タマンゴ」とついにアイシェが口をひらいた、「あんたがこんな辛い思いをするのも、あたしのせい、それで辛い思いをしてるんだねえ……」。「辛い思いなんぞしていない」と彼は邪険に言うと、マットのうえ、女房のかたわらに残された最後の乾パンの半分を投げてやった。「あんたの分にとっておいてちょうだい」と彼女はそっと乾パンを押し戻しながら言った、「もうお腹《なか》すいていないの。それに食べてなんになるっていうの？　もうあたしお仕舞いだってこと、わかっているわ」。タマンゴは返事をせずに立ちあがり、よろめきながら甲板に出てゆくと、折れたマットの根元に坐りこんだ。

そして胸のうえにがくりと項垂《うなだ》れたまま、一族の歌を口笛で吹いていた。突然、大きな叫び声が、風と海の轟々たる響きを圧《あっ》して耳にとどいた。一筋の光が見えた。ほかにもいくつか叫び声が聞こえ、真っ黒で巨大な帆船がすぐ近くを猛スピードで通りすぎた。あまりに近くて、帆桁が頭上をかすめていった。マストに吊るした舷灯に照らされた二つの顔だけが目に入った。男たちはさらに一声叫んだ。帆船はたちまち風に運ばれて暗闇に消え去った。たぶん見張りの水夫たちが難破船を発見はしたのだろうが、荒天のために船首を回すことができなかったのだ。ほどなくしてタマンゴは大砲の吐く火炎を見た、ついで発射の轟音が聞こえた。それからもう一つ大砲の火炎が見えたが、音はまったく聞こえなかった。そのあとは何も見えなくなった。翌日、水平線には帆影一つなかった。タマンゴはマットのうえに身を横たえ、目をつぶった。女房のアイシェは夜のうちに死んでいた。

＊＊＊＊＊＊

その後どれほどの日がたったものか知らないが、ベローナ号というイギリスのフリゲート艦が、マットが折れて乗組員にも捨てられたらしい船を見かけたのだった。小舟で接舷してみると、死んだ黒人の女が一人、そして肉が削げて痩せ衰え、ミイラと見紛うほどになった黒人の男がそこにいた。男に意識はなかったが、かろうじて息をしているようだった。船医が引きとり手当をしたところ、ベローナ号がキングストン［ジャマイカの首都］に入港するころには、タマンゴはすっかり元気になっていた。身の上話をするよう求められた。彼は自分にわかる範囲でしゃべった。島のプランテーションの農場主たちは、謀反をおこした黒人は縛り首にすべきだと主張した。しかし総督は情け深い人間で、彼に興味をいだき、これは助けてやれると考えた。要するに彼の場合、正当防衛の権利を行使しただけであり、おまけに彼が殺したのは全員フランス人にすぎないというのである。そこで彼は、摘発された奴隷船のうえで見つかった黒人たちと同様の扱いを受けることになった。彼には自由が与えられた。つまり、お上《かみ》に雇われて働くことになり、しかも日に六スーと食糧がもらえたのである。彼はなかなかの偉丈夫だった。第七十五連隊の連隊長が彼を見初めて採用し、自分の軍楽隊で鼓手に仕立てた。彼は片言の英語を身につけたが、あまりしゃべらなかった。その一方でラム酒や地酒のタフィアをしこたま飲んでいた。——彼は肺炎を起こして病院で死んだ。

カルメン

Πᾶσα γυνὴ χόλος ἐστίν˙ ἔχει δ’ ἀγαθὰς δύο ὥρας,
Τὴν μίαν ἐν θαλάμῳ, τὴν μίαν ἐν θανάτῳ.

PALLADAS[1]

I

私は昔から地理学者たちのいうことは、あまり信用がおけぬと思っていた。彼らによればムンダの古戦場は、バストゥリ＝ポエニ地方、今日のモンダに近く、マルベーリャの北方二里ばかりのところにあるという。[2] しかるに、作者不詳の古文書『イスパニア戦記』およびオスナ公爵家の潤沢な蔵書のなかから得た資料をもとに[3]私自身が推

1　ギリシャ語のエピグラフ――「女は総じて気むずかしい。大人しい時は、ふたつだけ。一方は床のなか、他方は墓のなか」。「床」と「墓」thalamos と thanatos は韻を踏んでいる。パラダスは、四世紀から五世紀にかけてアレキサンドリアで活躍した詩人。

2　「ムンダの戦い」は、紀元前四五年、カエサルが大ポンペイウスの息子たちと対決し、苦戦のすえ歴史的勝利をおさめた戦闘。その古戦場の位置については、十九世紀を通じて論争があった。マルベーリャは、ジブラルタルとマラガのほぼ中間に位置する地中海沿いの港。

論するかぎり、かの記念すべき土地、カエサルが共和国の勇士たちを相手にのるか反《そ》るかの決戦を挑んだ地は、モンティーリャ[4]の付近にこそ捜しもとめるべきなのである。一八三〇年の初秋、たまたまアンダルシアにおもむいた私は、まだ解決できずにいたいくつかの疑問を晴らすべく、かなり時間をかけて調査旅行をおこなった。近く発表する予定の論文[5]が、悪意なき考古学者たちの頭から疑念の雲を吹き払ってくれるものと期待する。この地理学上の大問題が氷解することこそ、全ヨーロッパの学界が待望するところであるのだが、それはわが論考の責として、とりあえず私は、ささやかな物語を諸君に語ってお聞かせしようと思う。ムンダの遺跡をつきとめるという興味《きょうみ》津々《しんしん》たる問いに、なろうことなら予断をもたらそうなどという意図は、この物語にはいささかもない。

　コルドバでひとりの案内人と二頭の馬を雇い入れ、荷袋にはカエサルの『ガリア戦記』[6]と何枚かの着替えだけをつっこんで、私は勇んで出発した。ある日、カルチェナ平原の高地をさまよっていたときのことだが、疲労困憊《ひろうこんぱい》し、喉はからから、太陽にじりじりと焼かれ、カエサルもポンペイウスの息子たちもくそ食らえという気分になっていたちょうどそのとき、今あゆんでいる小径からやや離れたところに、藺草《いぐさ》や葦がまばらに生えた小さな緑の芝地があることに気づいたのだった。近くに泉があるしるしだった。はたしてそばによってみると、芝地だと思ったのは沼地であり、そこには予期したとおりカブラ山脈の支脈にあたる二筋の連山にはさまれた峡谷から、せせらぎが一条、そそぎこんでいた。これをさかのぼれば、もっと冷たい水があり、こんな

3 『イスパニア戦記』*Bellum Hispaniense* は、かつてカエサル自身の作ともいわれたが、メリメはこれに反論していた。今日では無名の将官が残した記録とみなされている。「オスナ公爵家」はスペインの大貴族で、メリメは個人的にも公爵と親交があり、マドリードにある公爵家の蔵書を活用していた。

4 モンティーリャは、コルドバから南に五〇キロほどの地点。

5 この「論文」が発表された形跡はない。ただし、スペインにおける新しい研究成果を踏まえてフランスの「考古学雑誌」に掲載した論文「バエナにおけるローマ碑文」(一八四四年)には、ムンダの古戦場の位置についての考察がふくまれている。一八三四年に「歴史的記念物視察官」となったメリメの考古学的な探究は、すでに素人愛好家の域を超えている。

6 原典の綴りは Cachena だが Carchena の誤記であるとのプレイヤード版の注にしたがい訂正した。

に蛭《ひる》や蛙がいないところ、ひょっとしたら岩間のささやかな日陰まで見つけられるかもしれないと私は判断した。峡谷の入口で、私の馬がいななくと、姿は見えぬのにどこからか、べつの馬が応えていなないた。百歩もゆかぬうちに、谷が不意にひらけ、天然の円い窪地があらわれた。周囲をぐるりとかこむ絶壁のおかげで完璧な日陰になっている。旅人にとって、これほど快適な安らぎを約束してくれるところはないと思われた。切り立った岩の根方には泡立ちながら清水が湧きだして、雪のように白い砂をしきつめた小さな池に流れおちている。一年をとおして嵐から守られ、泉の涼気にひたされているせいか、青々と繁ったみごとな樫の木が五、六本、すっくと岸辺にそそり立ち、濃い葉影が水面におおいかぶさっている。それにまた、池のまわりには艶やかで繊細な草が密に生え、このあたり十里四方の安宿なんぞではお目にかかれそうにない、上等な寝床を提供しているのだった。[7]

この別天地を発見した栄誉は、私に帰せられるものではなかった。すでにひとりの男がそこで休んでいた。おそらく私がそこに入っていったときには眠っていたのだろう。馬のいななきで目をさました男はやおら立ちあがり、自分の馬のほうに身をよせた。馬は主人の昼寝をいいことに、あたりの草をごちそうになっていたのである。背格好は中くらいだけれど、いかにも屈強そうな感じの若者で、暗い目つきには卑しさがなかった。昔は綺麗であったかもしれぬ肌の色は、つよい陽射しに焼けて、髪の毛よりもくすんで見えた。彼は片手で馬の首輪をつかみ、もういっぽうの手には銅製の喇叭銃《らっぱじゅう》をにぎっていた。正直なところ、この喇叭銃と男の猛々しい風体には最初いささか肝をひやしたのだが、それにしても私はもう盗賊の存在などは信じなくなっていた。いやというほど話には聞かされながら、ついぞ本物に出遭ったためしはなかったのだから。だいいち堅気《かたぎ》の農夫たちが市場に出かけるときに一分の隙もなく武装す

7　この麗しい泉の光景については、『ドン・キホーテ』（正編二第二十五）に描かれた山々と小川の自然描写との近似が指摘されている。一八二六年にメリメは『ドン・キホーテ』の新版刊行にさいし、セルバンテスについての解説を書いており、おそらく『カルメン』と『ドン・キホーテ』との関係は、断片的な影響の範疇にはおさまらぬものだろう。かりにスペインという国の気候風土や国民性をめぐり近代ヨーロッパが漠然たる詩的夢想《ファンタスム》を共有していたとすれば、この騎士道物語がそうした夢想のもっとも豊かな源泉となったことはまちがいない。スペインにおもむくフランス人旅行者と、スペインを舞台とした書物をひらくフランス人読者は、ともにセルバンテスの国との出遭いを無意識のうちに期待していたはずなのである。

るのを見なれていた私としては、ただ飛び道具をもっているというだけで、見知らぬ男の品性まで疑う気にはなれなかったのである。——それに、と私は考えた、この男が私の着替えとエルゼヴィール版の『ガリア戦記』を盗《と》ったところで、いったいなんの役に立つ？　そこで私は、銃をたずさえた男にむかって親しげにうなずいてから、昼寝のお邪魔をしたのではなかったか、とにこやかにたずねたのだった。彼はこれには答えずに、頭のてっぺんからつま先まで私をじろじろと睨《ね》めまわした。調査の結果に納得したとでもいうように、今度はちょうどこちらに近づいてきた案内人をおなじく執拗にながめたのである。すると案内人はさっと蒼《あお》ざめ、恐怖をあらわにして立ちどまった。わるい奴に出遭ったな！　私は心中でつぶやいた。しかし用心のためには、こちらの不安をさとられぬようにするのが一番だ、と咄嗟《とっさ》に考えた。そこで馬からおりて案内人に馬具をはずすように言い、泉のほとりにひざまずき頭と手を水につっこんだ。それから、ギデオンの悪《あ》しき兵士[8]よろしく腹這いになってゆっくり喉の渇きをいやしたのである。

その間も、私は案内人と見知らぬ男の様子をうかがっていた。案内人がいやいやながら近よってきたのは明らかだ。いっぽう男のほうは、われわれに対して悪意をもっているとは思われない。というのも馬の首輪をつかんでいた手は放してしまったし、先ほど水平にかまえた喇叭銃も、今では筒先を地面にむけている。

相手が自分に対してしかるべき敬意をはらってくれぬことに、とやかく不満を言う場合ではないと思われたので、私はそのまま草のうえに横になり、喇叭銃の男にむかって、ひょっとして火打金《ひうちがね》をおもちではないか、と気安くたずねた。そしてすかさず葉巻入れをとりだしたのだった。見知らぬ男はあいかわらず無言のままポケットをさぐり、火打金をとりだすと私のために火をおこしてくれた。人間らしい態度になってきたことはまちがいない。銃を手放すことはなかったけれど、私の正面に腰をおろしたくらいだから。葉巻に火をつけると、私はのこりのなかから一番上等なやつをえらんで、葉巻をやりますか、と訊いてみた。

「やりますよ、旦那《セニョール》」と彼は答えた。男の口からもれたはじめての言葉だった。それで気づいたのだが、彼はsの音をアンダルシアふうに発音しなかった。[9] ということはつまり、私とおなじ旅人なのだ。おなじく考古学者ということは、さすがにあるま

8　「ギデオンの悪しき兵士」の出典は『旧約聖書』士師記、第七章第五～七節。

いが。

「これはわるいもんじゃないはずですよ」私はそう言って、ハヴァナの極上大型葉巻をさしだした。

彼はかるく会釈してから、私の葉巻の火で自分のを吸いつけて、もう一度感謝のしるしにうなずいた。それからいかにも満足そうな様子で吸いはじめた。

「ああ！」口と鼻からゆっくりと最初の一服の煙を吐きだしながら、彼は言った、「ずいぶん久しぶりだなあ！」

スペインでは葉巻一本のやりとりが、ちょうど東方諸国でパンと塩をわけあうことがそうであるように、客の歓待にあたる人間関係をつくりだしてしまうのだ。私の相手は、はじめ思ったより話好きのようだった。もっとも、自分ではモンティーリャ地方の住人だと言いながら、彼はこの土地のことにはあまり通じていないようだった。私たちが現にいるこの美しい谷間の名も知らないし、周辺にどんな村があるか名をあげることもできない。それに、もしかしてこのあたりで、くずれた城壁とか、縁のある大瓦とか、彫刻をほどこした石材などを見かけたことはなかったか、と私がたずねたときには、そんなものには注意をはらったこともないので、とあっさり答えただけだった。そのかわり、馬のことにかけては精通しているところを見せた。私の乗馬に難癖をつけたが、これはまあ目利きでなくともできる。それから彼は、自分の馬の血統を自慢して、コルドバの名高い種馬飼育場で生まれたやつだと言った。なにしろ筋金入りで、持ち主が誇らしげに言うところでは、こいつは疲れというものを知らない、一度など、それこそ駆足と速足だけで、一日に三十里を走りぬいたことさえあるくらいなのだ。この長台詞のさいちゅうに、見知らぬ男は不意におし黙った。しゃべりすぎたことにはっとして、不機嫌になったらしかった。「大急ぎでコルドバにゆかなきゃならんことがあったもんでね」と彼は気まずそうにつけたした、「裁判をやって、判事さんたちのとこに挨拶にいったんですよ……」。そう話しながら、彼は案内人のアントニオをじっと見ていたが、案内人のほうは目をふせたままだった。

日陰と泉のおかげですっかり気分のよくなった私は、モンティーリャの友人たちが

9（原注）アンダルシアの人間は、sの音を有声化して、cの軟子音やzとおなじように発音する。スペイン人は後者二つの綴り字を英語のthのように発音するのである。それゆえSeñorという言葉を聴いただけで、アンダルシアの者であるかどうか、ただちに判断できる。

上等のハムを案内人の頭陀袋《ずだぶくろ》につっこんでくれたことを思い出した。私はそれをとってこさせ、あり合わせの食事の仲間にならないかと正体不明の男を誘ったのである。久しく葉巻をやっていないと男は言ったが、おそらく食べるほうも、ここ四十八時間はやっていないというふうだった。男は飢えた狼のようにむさぼり食った。思うに私と出遭ったのは、この気の毒な男にとってまことに天恵であったにちがいない。いっぽう案内人のほうは、あまり食べず、飲むのはもっと控えめで、旅のはじめからずっと無類のおしゃべりという印象だったにもかかわらず、いっこうに口をひらこうとしなかった。客人がいるために、気が安まらぬようでもあった。理由は判然としないのだが、どうやら二人は何かの警戒心からたがいに距離をとっているらしかった。

いつのまにか最後のパン屑とハムの切れ端が消えてなくなっていた。われわれはそれぞれ二本目の葉巻をくゆらせた。私は案内人に馬に手綱をつけるように命じ、友人になったばかりの男に別れを告げようとした。すると男は、今夜はどこに泊まるつもりかとたずねた。

案内人が目配せしているのに気づくよりさきに、ベンタ・デル・クエルボ[10]にゆくと私は答えてしまっていた。

「旦那みたいな方には、あまり感心しない宿だが……私もそこにゆきますんで、よろしかったらお供させていただいて、道中いっしょにまいりましょう」

「そいつはありがたい」と私は馬にまたがりながら言った。鐙《あぶみ》をおさえていた案内人が、またしても目で合図した。ちっとも心配していないということをわからせるために、私は肩をすくめてみせた。こうして私たちは出発した。

アントニオのいわくありげな合図と不安そうな顔、見知らぬ男が不用意にもらした言葉、とりわけ三十里も馬を飛ばした話とそれについての腑に落ちない説明、そうしたことから私はすでに、旅の道づれについて自分の判断をくだしてしまっていた。かかわりあったのが密輸をやる男であることは、まずまちがいなかった。ひょっとしたら盗賊かもしれない。かまうことはないではないか？　私はスペイン人の気質というものをよく知っていたから、ともに食べ煙草をくゆらせた相手であれば、もう何も恐れる必要はないという自信があった。だいいちいっしょにいる男のおかげで、ぶっそうな出遭いは確実に防いでもらえるにちがいない。それにまた、山賊というやつがど

10　「ベンタ・デル・クエルボ」は日本語に訳すなら「烏亭」というところ。

ういうものか知るのは、まんざらでもないという気がしたのだった。そうざらにお目にかかれる人種ではないのだし、危険人物のそばにいることには、ぞくぞくするような魅力がある。相手がおとなしくて、こちらになついているとわかっている場合には、なおさらではないか。

未知の男がだんだんと打ち明け話をするようにしむけるつもりだった。そして案内人が何度も目配せをするのにはかまわず、街道筋に出没する盗賊のほうに話をもっていった。もちろんうやうやしい口調で話題にしたのである。当時アンダルシアには、ホセ゠マリアと呼ばれる名高い山賊がいて、いたるところでその手柄話が人々の口の端にのぼっていた。「かりにこいつがホセ゠マリアだったとしたら？」と私は考えた……。そしてこの英雄について知るかぎりの話をしてみたが、どれもこれも褒める話で、彼が剛胆で太っ腹なことについて、公然たる称賛の言葉を惜しまなかった。

「ホセ゠マリアはろくでなしですぜ」と正体不明の男はそっけなく言った。

「心底そう思っているのかな、それとも人前で大いに謙遜してみせたってことかな？」私は心のなかで自問した。それというのも、道づれの男をしげしげとながめているうちに、かつて目にしたホセ゠マリアの人相書きがぴったりあてはまるという確信を得てしまったのである。人相書きはアンダルシアのあちこちの町の城門に貼りだしてあった。「そう、あいつにまちがいない……金髪、青い目、大きな口、綺麗な歯、手は小さいほう。上等のシャツ、銀ボタンのついたビロードの上着、白い革のゲートル、鹿毛《かげ》の馬……疑う余地はない！　でもお忍びの旅なんだから、そっとしておこう」

私たちは旅籠屋《ベンタ》に到着した。それはまさに彼が予告したとおりの代物《しろもの》で、かつて私が出くわしたなかで、もっともみじめな宿だった。だだっぴろい部屋が、台所と食堂と寝室を兼ねていた。部屋のまんなかに平らな石があって、そのうえで火が燃えており、煙は屋根にうがたれた穴から出てゆくことになっているのだが、じっさいには床から何尺かのところにたなびいて、雲のように浮いている。壁にそって、騾馬《らば》の背にかける古毛布が五、六枚地べたに敷いてある。これが旅人のための寝台なのである。母屋から、というより今紹介した唯一の大部屋から二十歩ほどいったところに、納屋のようなものがそびえていて、これが厩《うまや》だった。この埴生《はにゅう》の宿には人影らしいものは、すくなくとも今のところ老婆と十《とう》か十二くらいの小娘しか見あたらず、しかも二人そろって煤けた顔をして、おそるべき襤褸《ぼろ》をまとっていた。「これが古《いにしえ》に栄えたムンダ・ボエティカの住民の末裔というわけか！」と私はひとりごちた。「おお、カエサルよ！　おお、セクストゥス・ポンペイウスよ！　御身らがこの世にもどられたら、いかに愕然となさることであろうか！」

私の連れを見て、老婆は思わずおどろきの声をあげた。「あれまあ、ドン・ホセの旦那！」と叫んだのである。

ドン・ホセが眉をひそめ、制止するように片手をあげると、婆さんはただちに口をつぐんだ。私は案内人のほうをふりむいてかすかな合図をおくり、一夜をともにすごすことになる男の正体については、教えてもらわなくともお見通しだということを相手にわからせた。夕食は予期したよりずっとましだった。一尺ほどの高さの小さなテーブルのうえには、米とピーマンをたっぷりぶちこんだ老鶏の煮込み料理が供され、それから油で調理したピーマン、そのあとにはガスパーチョ、つまりピーマンのサラダみたいなものが出た。[11] こんなふうに辛みの効いた料理が三つもつづいたものだから、われわれはモンティーリャ地方のワインの入った革袋にひっきりなしに手をのばした。これがまた上物だった。食事がすんだところで、壁にかけたマンドリンに気づいた私は――ちなみにスペインではいたるところにマンドリンがある――給仕をしていた小娘に、おまえは弾けるのかと訊いてみた。

「あたしはだめ」と小娘は言った。「でもドン・ホセの旦那はとっても上手なんだよ！」

「よろしかったら」と私はたずねた。「何か私のために歌ってくださらんか。あなたのお国の音楽が大好きなものですから」

「こんな立派な旦那に言われたんじゃ断れないなあ、あんなにうまい葉巻をいただいたことでもあるし」ドン・ホセは機嫌よくこう答えた。そしてマンドリンをうけとると、弾き語りで歌いはじめた。声はなめらかではなかったけれど、耳に心地よかった。哀愁をおびた不思議な旋律だった。歌詞にいたっては皆目わからなかった。

「私の思いちがいでなければ」と私は言った、「あなたが今歌ってくれたのは、スペインの歌ではないようだ。どこかの地方[12]で聴いたことのあるソルシコス[13]に似ているようですね。歌詞はおそらくバスクの言葉でしょう」

「そのとおり」とホセは暗い顔をして答えた。マンドリンを床におくと、腕ぐみをし

11 「ガスパーチョ」は一般にはトマトや玉葱をベースとした冷製スープをさす。

て消えかかった火をじっと見つめていたが、その表情は妙に悲しげだった。小さなテーブルのうえのランプに照らされた顔つきは、品位と凄みがともにそなわっており、どこかミルトンの描いたサタン[14]を思いおこさせた。サタンのように私の連れも、見捨てた故郷や、犯した罪ゆえに放浪する境涯に、ぼんやり思いを馳せているのだろうか。私はなんとか話をはずませようとしたのだが、彼は悲痛な思いにしずみこむばかりで、いっこうに反応がなかった。婆さんはすでに部屋の片隅にひっこんで、穴だらけの毛布を紐につるしたかげに休んでいた。小娘のほうも、婆さんにつづいてご婦人専用の奥の間にしりぞいた。すると私の案内人は、厩にいっしょに来てくれと私をさし招いた。ところがその声を聞くや、ドン・ホセは夢からさめたようにびくっとして、どこへゆくのかと荒々しくたずねた。

「厩だよ」と案内人は答えた。

「何しにゆくんだ？　馬には飼い葉をやってある。ここで寝たらいい。旦那もいやとは言わないだろうよ」

「旦那の馬が病気なんじゃないか、心配でね。旦那に見てもらいたいんだ。見てもらえば、どうすりゃいいか、わかるかもしれないしさ」

アントニオが二人きりで私に話をしたがっていることは明らかだった。しかし私は今さらドン・ホセに疑念をいだかせるようなことはやりたくなかった。この場合、とるべき最良の手段は、最大限の信頼を見せておくことだと思われた。そこで私は、馬のことは全然わからないし、眠くてたまらないから、とアントニオに答えたのである。ドン・ホセは案内人について厩にゆき、まもなくひとりでもどってきた。彼が言うには、馬はべつに具合がわるくはないが、案内人はそいつがよほど上等の馬だと思っているらしく、汗をかかせるために上着でこすってやっている、一晩中いそいそとあんなことをやっているつもりらしい、というのだった。私はすでに騾馬用の毛布のうえ

---

12 (原注)「特権を与えられた地方」とでも呼ぶべき地方で、独自のフエロスをもつ。アラバ、ビスカヤ、ギプスコア、そしてナバラの一部がこれにふくまれる。この一帯ではバスク語が話されている［「フエロス」すなわち「地方特別法」は、中央権力に対して自由と自律性を確保することを目的として成文化された慣習法］。

13 「ソルシコス」はバスク地方の民族舞踊の伴奏として歌われる民謡。

14 ミルトン『失楽園』に描かれたサタンの姿は、シャトーブリアンが『キリスト教精髄』(一八〇二年)のなかで紹介したことにより、ロマン主義の時代にはよく知られていた。

に横になっていたが、じかにふれるのがいやなので、まず念入りに外套《がいとう》にくるまった。失礼しておそばで休ませてもらいます、と断ってから、ドン・ホセは戸口のまえに身を横たえた。もっともそれ以前に、喇叭銃の雷管をとりかえ、その銃を枕がわりの頭陀袋のしたに押しこむことを忘れなかった。おたがいにお休みの挨拶をかわしてから五分後には、二人ともぐっすりと寝入っていた。

かなり疲れていたから、こんなひどい宿でも熟睡できると思っていた。ところが一時間もたつと、きわめて不快なむずがゆさが寝入りばなの私から安眠をうばってしまった。むずがゆさの正体がわかって、私はとびおきた。屋根のしたでこんな迷惑なもてなしをうけるくらいなら、星空のもとで夜の残り時間をすごしたほうがましだと考えたのである。私はそっと爪先立ちして戸口に近づき、ドン・ホセの寝床をまたいでこえたのだが、男はなんの不安もないかのように眠りこんでおり、首尾よく彼の目をさまさずに、屋外に出ることができた。戸口のそばに大きな木のベンチがあったので、私はそこで横になり、夜明けまでの時をすごすため、なんとか居心地がよくなるよう工夫した。あらためて目をつぶろうとしたちょうどそのとき、人間の影と馬の影が、どちらもこそりとも音を立てず目の前を横切ってゆくような気がしたのである。

身体をおこしてみると、どうやらアントニオであるらしく思われた。こんな時間に彼が厩のそとにいることにびっくりして、私は立ちあがり、彼のほうにむかった。彼のほうが先に私の姿をみとめて立ちどまっていた。

「あいつはどこにいるんで？」アントニオは小声で訊いた。

「旅籠屋《ベンタ》のなかにいるよ。眠っている。南京虫がこわくないらしい。どうして馬をつれ出したんだ？」

このとき気づいたのだが、納屋から引きだしても足音がしないように、アントニオは古毛布の切れ端で丁寧に馬の四本の脚をつつんでやっていた。

「後生だから、もっと小さい声でやってくださいよ！」とアントニオは言った、「旦那はわかっちゃいないんだ、あいつがどこのどいつか。あれはね、ホセ・ナバロですぜ。アンダルシアでもとびきり名の売れた悪党だ。こちとらは一日中合図してるのに、旦那は知らんぷりなんだから」

「悪党であろうとなかろうと、どうでもいいじゃないか」と私は応えた、「こっちは何も盗まれたわけじゃなし、だいいちその気もないってことは請け合うよ」

「そいつは結構なこった。だけどですよ、あいつをお上《かみ》に引きわたせば、二百デュカになるんですぜ。ここから一里半ほどのところに槍騎兵の歩哨所があるんで、夜が明けるまえに腕っ節のつよいやつを何人かひっぱってこようと思ってね。ほんとはあいつの馬に乗っていきたいとこなんだが、意地っぱりな野郎でさ、ナバロ以外のもんは、そばにもよせつけない」

「いったいどういうつもりなんだ!」と私は言った、「密告するなんて、あの男があんたにどんな悪いことをしたんだい? そもそも、あれがあんたの言う、その山賊であることは、たしかなのかね?」

「たしかもたしか。なにしろさっき、あいつは厩までいっしょにきて、わしにこう言ったんで、《どうやらおまえさんは、おれがだれかわかっているらしい。だがあの立派な旦那におれのことをばらしたら、脳天を一発ではじきとばしてやるからな》って。ここにいてくださいよ、旦那、あいつのそばにいたほうがいい。旦那は何もこわがることはないんだから。旦那がここにいるとわかってりゃ、あいつも気をまわしたりしないだろう」

そんなことを話しながら、私たちはしだいに旅籠屋《ベンタ》から遠ざかっており、すでに馬の蹄鉄の音も聞かれずにすみそうな距離にいた。アントニオは蹄にまいたぼろきれを素早くとりさって、今にも馬の背にまたがろうと身構えた。私はおどしたりすかしたりして、彼をひきとめようとした。

「わしはしがない男でね、旦那」と彼は言うのだった、「二百デュカと聞いちゃ、ほっとくわけにゆかねえ。だいいちこの土地から、ああいう悪い奴をおっぱらおうって話なんだ。でもね、気をつけてくださいよ。ナバロが目をさました日にゃ、鉄砲に飛びつきますぜ、そうなったらおしまいだ！　どっちにしたって、わしはもう後には引けないんで、旦那のほうは、よろしくやってもらうしかないやね」

ろくでなしはもう馬上にあった。馬に拍車を入れたかと思うと、まもなく私は暗闇のなかにその姿を見失った。

私は案内人に対しては大いにむかっ腹を立て、いっぽうではかなり臆病風にも吹かれたのだった。いっとき思案したのち、腹をきめて旅籠屋《ベンタ》にもどった。ドン・ホセはあいかわらず眠っていた。ぶっつづけで危険な日夜をすごしたあげく、今しも何日かの徹夜の疲れをいやしているところなのだろう。男をめざめさせるために、手荒くゆすらなければならなかった。あの獰猛な目、とっさに銃をつかもうとする動作を、私は生涯忘れないだろう。もっとも私は用心のために、銃を寝床からはなれたところに移しておいたのだが。

「もし、あんた」と私は語りかけた、「お休みのところをすまんが、ちょっと妙なことを聞きたいのだ。ひょっとして、ここに半ダースほどの槍騎兵があらわれたら、あんたはどう思われるね?」

彼ははねおきて、恐ろしい声で、

「だれが、そんなことを?」と私に訊いた。

「だれの話であろうとかまわんじゃないですか、それが役に立つ話なら」

「あんたの案内人が裏切ったな、ただじゃおかんぞ! やつはどこにいるんだ?」

「知らんな……厩じゃないか、たぶん……いや、ある人が、私にそう言ったもんだからね……」

「だれが、そんなことを言った?……婆さんのはずはない……」

「私の知らない人だ……いや無駄話はやめて、いったいあんたには兵隊が来るのを待ちたくない理由が、あるのかね、ないのかね? もしあるんなら、ぐずぐずしないほうがいい。そうでないのなら、いや、失敬した、せっかくお休みだったのに、邪魔をして申し訳ない」

「くそっ！　案内人の奴め！　案内人の奴め！　はじめっから怪しいと思っていたんだ……思い知らせてやるぞ！……失礼させてもらいます、旦那。神さまが憶えててくださいますよ、助けてくださったことについちゃ。おれはこれでも、見かけほどに悪党になりきっているわけじゃないんです……旦那みたいに気っぷのいい方には同情してもらえるところが、まだあるんだから……失礼、旦那。たったひとつの心残りは、旦那にお返しができないことで」

「私がやってあげたことのお返しというんなら、約束してくれないか、ドン・ホセ、だれのことも疑わない、仕返しなんか考えないってね。さあ、道中の葉巻をさしあげよう、気をつけてゆきなさい！」こう言って私は手をさしのべた。

彼は黙ってその手をにぎりしめ、喇叭銃と頭陀袋をひっつかみ、私には理解できぬ方言で老婆に何やら言いつけると、納屋のほうに駆け出した。数秒後には、馬が野面を疾駆する音が聞こえてきた。

いっぽう私は、あらためてベンチのうえに身を横たえたが、いっこうに寝つけなかった。あれこれと考えてしまうのだ、盗賊を絞首台から救ってやったことは、はたして正しかったのか、人殺しかもしれぬではないか、それも、いっしょにハムを食った、バレンシア風の米を食ったというだけの理由だなんて。国の法にしたがおうとした案内人を裏切ったことになりはしないか、彼を凶暴な男の復讐にさらすことになりはしないだろうか？　しかし歓待の掟ってものもあろうじゃないか！……いや歓待の掟なんてものは未開人の独りよがりだ、と私は自分に言い聞かせた。今後あの山賊が犯すかもしれない罪のすべてについて、責任を感じなければならないとしたら……それにしても、いかに理屈をこねようと頑としてゆずらぬこの良心の衝動が、独りよがりなどでありえようか？　おそらく、こんな微妙な状況にまきこまれてしまった以上、良心の疚《やま》しさなしにぬけだすことは無理というものだろう。こんなふうにさんざん迷いながら、自分のとった行動について道徳的な判断をくだしかねていると、そこへ半ダースほどの槍騎兵が姿をあらわした。アントニオは、用心ぶかくしんがりに控えている。私は彼らのほうへ進みでて、賊はもう二時間以上もまえに逃げてしまったと告げた。伍長に尋問された婆さんは、ナバロのことは知っているけれど、こっちは独り身ではあるし、命がけで告げ口なんかできるものかい、と答えた。それから、あの男がここにきて泊まるときは、いつでも真夜中に出発するのが決まりなのだ、とつけ加えた。いっぽう私は、そこから数里はなれたところへおもむいて、旅券を見せたり、治安判事のまえで陳述書に署名したりしなければならなかった。その後ようやく、考古学調査に復帰することを許された。アントニオは、自分が二百デュカを儲けそこなったのは私のせいだろうと勘ぐって、恨んでいた。しかしコルドバでは友好的に別れることができた。私の懐具合がゆるすかぎり、心づけをはずんだからである。

・・・・・・・・・・・・・・・・・・・・

Ⅱ

私はコルドバで数日をすごした。ドミニコ会修道院の蔵書のなかに、古代ムンダに関する興味ぶかい資料をふくんだ写本があるはずだと聞かされていたのである。親切な修道士たちにたいそう歓迎された私は、日中を僧院のなかでおくり、夕方には町をぶらついた。コルドバでは夕暮れどきになると、グアダルキビル川の右岸にそった土手のうえに暇な連中がわんさとあつまってくる。そこには、皮革製品の産地としての古からの名声を今なお保つなめし革工場があり、あたりに異臭をただよわせていた。そのかわり、といってはなんだが、大いに目の保養になる光景も楽しめる。お告げ《アンジェラス》の鐘の鳴るちょっとばかり前に、大勢の女たちが、かなり小高くなった土手の真下の川っぺりに集合するのである。この群にまぎれこむ度胸のある男は、さすがに一匹としていない。ここではお告げの鐘が鳴った瞬間に夜になるものとみなされている。最後の音が鳴りひびくや、女たちはいっせいに服をぬぎ水に入る。それからは、叫ぶ、笑う、すさまじい騒ぎである。土手のうえでは男どもが水浴びの女たちをながめている。目を皿のようにして見るのだが、たいしたものが見えるわけではない。ただ、暗いコバルトブルーの水面にうきあがるおぼろな白い人影が、詩的な精神を鼓舞することはたしかなようで、多少とも想像力のある男なら、アクタイオンの悲運をおそれずに、ディアナとお供の水の精《ニンフ》たちの水浴を見物した気分になることができそうだった。[15]——人に聞いた話では、かつて町のいたずら者が金を出しあって、教会の鐘つき男を籠絡し、定刻より二十分早くお告げの鐘をつかせたことがある。まだ陽射しは明るかったが、グアダルキビルの水の精は躊躇《ちゅうちょ》しなかった。彼女たちは、お天道さまよりお告げの鐘を信用し、なんの疚しさもなく水浴びの支度をしたが、この身なりというのが、例によって簡素をきわめたものだった。あいにく私はその場にはいなかった。私がいたころの鐘つき男は廉直そのもの、黄昏時《たそがれどき》は明るからず、いっそ猫にでも

15 ギリシャ神話によれば、狩人アクタイオンはディアナの水浴を垣間見たために、怒った女神は彼の姿を鹿に変え、そのため彼は自分のつれていた猟犬たちに喰い殺されてしまった。

ならぬかぎり、一番年寄りのオレンジ売りの婆さんとコルドバ一の別嬪《べっぴん》の女工さんとを判別することさえできないと思われた。

ある晩、日もとっぷりと暮れたころだったが、私は土手っぷちの欄干によりかかって葉巻をくゆらせていた。と、ひとりの女が水際に通じる階段をのぼってきて、かたわらに腰をおろした。女は髪にジャスミンの大きな花束をさしていたが、その花弁は夕暮れになるとむせるような甘い香りをはなつのである。着ているものは質素というより、黒ずくめでみすぼらしいくらいだった。おおかたの女工は、そんな恰好で夜をすごす。堅気のご婦人であれば黒い服を着るのは午前中だけ、夜になれば仏蘭西風《ア・ラ・フランセサ》に着飾るのである。私のそばにくると、沐浴をすませた女は頭をつつんでいたマンティーリャ「女性用の大きなショール」をすっと肩のうえにおとした。おりしも「星より落つる薄明かり」[16]に、女は小柄で歳若く、みめ麗しい上に、大きな目をしていることを私は見てとった。私はただちに葉巻を投げすてた。いかにもフランス風の礼儀からくる心づかいを理解した女は、すかさずこう言った、煙草の匂いはとっても好きだし、甘口の紙巻き煙草《パペリート》があれば自分でも吸うことがあるくらいだ、と。幸運にも煙草入れのなかにそうした種類のものがあったので、私はいそいそとさしだした。彼女はこころよく一本をぬきとると、その辺の子供に駄賃をやって火縄をもってこさせ、その先で火をつけた。二筋の煙をからませながら、美しき沐浴の女と私は、長いことおしゃべりをした。気がついたときには、土手にいるのはほとんど私たちだけだった。このさい「ネベリア」[17]に氷を食べにゆかないかと女を誘っても、無礼にはなるまいと私は考えた。彼女はしおらしげに戸惑ってみせたのち、承知した。だが、そうと決めるまえに今何時だか知りたいと言う。私は懐中時計を鳴らしてみせた。このベル仕掛けに彼女はよほどびっくりしたらしかった。「なんて素敵な発明をするんだろう、旦那さんみたいな外国の人たちって！　どちらの国からおいでなんですか、旦那さん？　きっとイギリスの人でしょう？[18]」

「フランス人です、どうぞよろしく。ところでお嬢さん、いや、マダムかな、貴女《あなた》はたぶんコルドバの方だろう」

16　コルネイユ『ル・シッド』第四幕第三場からの引用。
17　（原注）氷室、あるいはむしろ雪の貯蔵庫をそなえたカフェ。スペインでは、どんな小さな村にも「ネベリア」がある。

「ちがうわ」

「じゃ、すくなくともアンダルシアの方だ。貴女のものやわらかな話しぶりで、そう思ったんですがね」

「そんなにいろんな土地の訛りを知ってるんだったら、あたしがどんな女か、わかってもよさそうなのに」

「だから、天国のすぐそば、イエスさまの国の人だと思ったのさ」

（この比喩はアンダルシアをさすのだが、これを教えてくれたのは、私の友人で高名な闘牛士フランシスコ・セビーリャであった）

「へえ！　天国だなんて……ここの人たちはね、天国はおまえらのもんじゃないって、そういうわよ」

「じゃあ、ムーア人[19]かな、それとも……」私は言いよどんだ。さすがにユダヤ人とは口に出しかねた。

「さあ、さあ！　あたしがボヘミア女だってこと、お見通しのくせに。いっそラ・バーヒ[20]でもやったげましょうか？　聞いたことない、カルメンシータって？　それが、このあたしさ」

すでに十五年もまえのことではあるが、当時の私は相当な不信心者だったから、たとえ魔女と肩をならべているとわかっても、怖気づいて退散するはずはなかった。「よかろう！」と私は考えた、「先週は街道荒らしの盗賊といっしょに飯を喰ったんだから、きょうは悪魔に仕える女と氷を食べたっていい。旅に出たからには、なんでも見てやろうじゃないか」。じつは、この女と知り合いになりたい理由はほかにもあった。私は学業をおえてまもなく、あまり自慢になる話ではないけれど、しばらく神秘

18（原注）スペインでは、木綿や絹の見本をもち歩かない旅行者は、すべてイギリス人、Inglesitoとみなされる。オリエントでも事情は同じである。私自身、ハルキスでは Μιλόρδος Φραντζέσος というありがたい肩書きで人に紹介されたことがある〔「ハルキス」は中央ギリシャのエヴィア島にある都市。このギリシャ語は「フランス人閣下」と訳せるが、敬称 my lord が英語起源であるところが可笑《おか》しい〕。

19 Moresque「ムーア人」は八世紀以降イベリア半島に侵入したイスラーム教徒を指す。想起されているのは『ドン・キホーテ』の前篇第四〇章以下「捕虜の話」に出てくる絶世の美女「モーロ娘」かもしれない。同時代のイスラーム系の人びとを指すところでは Maure という綴りが使われており、こちらは「モール人」の訳語を当てた。

20（原注）吉凶の占い。

学に入れあげて時を無駄にすごしたのだった。悪魔祓いをやってみようとしたことさえいくたびかある。[21] 本気で研究してやろうという意欲はとうに失せていたものの、あらゆる迷信に好奇心をかきたてられるところはのこっていて、ボヘミアンたちのあいだで魔法の技術がどれほど発達しているかわかるだろうと思うと、にわかに嬉しくなってしまったのである。

私たちはおしゃべりしながら「ネベリア」に入ってゆき、ガラスのほやをかけた蠟《ろう》燭《そく》に照らされている小さなテーブルに陣取った。こうしてわが「ヒターナ」「ジプシー女」をじっくり検分することができたのだが、その間、かたわらの上品な連中は、氷を口にはこびながら私がこんなとんでもない女といっしょなのを見てあきれかえっていた。

カルメン嬢が生粋のボヘミアンであるかどうかは、おおいに疑わしい。ともかく彼女は、私が出遭ったあの民族のいかなるご婦人ともくらべものにならぬくらい美しかった。スペイン人の言うところによれば、美女と呼ばれるためには、三十の条件がそろっていなければならぬ。むしろこう言うべきだろうか、しかるべき十個の形容詞のそれぞれが、身体の三つの部分の特徴を定義しうるようでなければならぬ。たとえば黒いもの三つ、すなわち目と睫毛と眉。繊細なもの三つ、すなわち指と唇と髪、という具合である。委細はブラントームを参照のこと。[22]わがボヘミア女はさほど完璧な美をほこるわけにはゆかなかった。肌はなるほど滑らかだけれど、色合いが銅のようにくすんでいる。目はやや眇《すがめ》なれど、感嘆するほどみごとな切れ長の目であった。唇はやや肉厚とはいえ、形は申し分なく、むきたてのアーモンドのような純白の歯が

21　じっさいメリメは十代後半から魔術関係の本を読みあさったとされるが、魔術の実践にまでのめりこんだという確証はない。一方で、一般に「迷信」と呼ばれるものへの知的関心には、民俗学や民族学の調査探究とも通底するものがあろう。

22　プレイヤード版の注には、以下の断章が引用されている。「白いもの三つは、肌と歯と手。黒いもの三つは、目と眉と睫毛。赤いもの三つは、唇と頰と爪。長いもの三つは、身体と髪と手。短いもの三つは、歯と耳と足。ゆったりしたもの三つは、乳房あるいは胸と額と眉間。ひきしまったもの三つは、上下の唇とウエストあるいは腰と足首。丸いもの三つは、腕と太股とふくらはぎ。繊細なもの三つは、指と髪と唇。こぢんまりしたもの三つは、乳首と鼻と頭」ブラントーム（一五四〇～一六一四年）は、ペリゴール出身で、マルグリット・ダングレームの宮廷に入り、軍人、外交家として活躍。のちにスペイン、ポルトガルにおもむき、フェリペ二世のモロッコ遠征軍に身を投じた。引用の原文はスペイン語。

こぼれて見える。髪の毛は見たところ強《こわ》い感じだが、青みがかるほどに黒々とした烏の濡れ羽色、しかも長くてつやつやと輝いている。あまり長ったらしい描写で読者をうんざりさせぬよう、ここで要約して言えば、ひとつの欠点にはかならずこれを補う美点があり、対照ゆえに美点のほうが際《きわ》だつように思われるのである。不思議な、野性的な美しさであった。見た瞬間にはっとするタイプの顔で、しかもけっして忘れることができない。とりわけその目は欲情と猛々しさを同時にたたえており、その後いかなる人間の目でもあんな表情には出遭ったことがない。ボヘミアンの目は狼の目――これはスペインのことわざだが、観察の鋭さはなかなかのものだ。もし諸君が植物園[23]にわざわざ出向いて狼の目を研究する暇がなかったら、せめてお宅の猫が雀をねらっているところをとくとご覧になるがよい。

それにしてもカフェのなかで占いをやってもらうのは、いささか場違いというものであろう。私はそれゆえ美しき魔女に、お宅まで同行させていただきたいと申し出た。彼女は気安く承知してくれたが、またしても時間を気にして、私の時計を鳴らしてくれと求めた。

「ほんものの金?」そう言って彼女は異様な熱心さでそれを見つめた。

私たちが歩きはじめたときには夜も更けていた。ほとんどの店が戸を締めており、通りには人影もまばらだった。グアダルキビル川の橋をわたり、場末のどんづまりまできて、とある家のまえで立ちどまったが、その外観たるや、およそ豪華とはいえぬものだった。男の子が戸を開けてくれた。ボヘミア女は、私には理解できぬ言葉で子供になにやら言った。あとからわかったことだが、それは「ロマニー」あるいは「チッペ・カリ」と呼ばれるジプシー固有の言語だった。子供はすぐに姿を消し、私たちは家具といえば小さなテーブルと二脚の腰掛けと長持がひとつあるきりの、だだっ広い部屋にのこされた。ほかに水差しがひとつ、山のようなオレンジ、そして一束の玉葱があったことも書きとめておこう。

二人きりになるとさっそく、ボヘミア女は長持から、かなり使い古した感じのカード、磁石、ひからびたカメレオン、さらに占いに必要ないくつかの道具をとりだした。それから私に、左の掌に小銭で十字架の印を書けと言った。魔法の儀式がはじまった

23 パリ植物園の起源は十七世紀の王立薬草園にさかのぼる。十八世紀末、ここに動物園が併設されたが、「植物園」という呼称はそのまま使われている。

のである。そのときのご託宣を諸君に報告する必要はあるまいけれど、ともかく女の手さばきを見れば、生半可な呪術師ではないことは明らかだった。

残念ながら、ほどなくして邪魔が入った。いきなり乱暴に戸が開けられ、鳶色のマントを目深《まぶか》にかぶった男がおよそ愛想がよいとはいえぬ声でボヘミア女を呼び立てながら部屋に闖入《ちんにゅう》してきたのである。男が言っていることはわからなかったけれど、たいそう不機嫌であることは声色からしてまちがいない。男の姿をみとめたジプシー女は、驚きも怒りも面《おもて》には見せず、ただ彼のほうへ駆けよって、あきれるほど早口に、先ほどすでに私のまえでつかった得体の知れぬ言葉をまくしたてた。何度もくり返された「パイリョ」[24]というのが、私の理解できる唯一の言葉だった。ボヘミアンが自分の種族以外の人間すべてをこう呼んでいることを知っていたのである。どうやら私自身が話題になっているらしいと察して、これは微妙な申し開きをしなければなるまいと覚悟を決めた。すでに私は腰掛けの脚をつかみ、これを闖入者の頭に投げつける潮時を見はからって、ひそかに機会をうかがっていた。男はボヘミア女を荒っぽく押しやると、私のほうに進み出た。それから一歩しりぞいて、

「おや！　旦那でしたか！」と言ったのだ。

そこで私は彼をじっと見つめ、わが友ドン・ホセであることを確認した。この瞬間には、あのまま縛り首にさせておけばよかったものを、といささか悔やんだものだ。「いやあ！ きみでしたか、これはどうも！」私はなるべく顔がひきつらないように笑いながら叫んだ。「マドモワゼルがとても面白い予言をしてくれようというときに妨害されてしまったな」

「性懲りもないやつだ！ いい加減にしろよ」と彼は猛々しい目つきで女をにらみながらつぶやいた。

その間も、ボヘミア女は自分の言葉で男にむかってしゃべりつづけていた。女はしだいに激してきた。目は血走り、凄みをおびた。表情はこわばり、地団駄を踏んでいた。どう見ても彼女は男に何かをやらせようと躍起になっており、これに対して男のほうはためらっているらしい。それがなんであるのか、もはや疑いの余地はないと思

24 paylo 現代スペイン語の辞書には payo（パーヨ）という綴り字で「[ジプシーにとって]よそ者」という意味が記されている。ジプシーの言葉「ロマニー語」は、もともと固有の文字をもたぬ言語であったから、メリメの時代のアルファベット表記は統一されたものではない。

われた。なにしろ彼女は、その可愛らしい手を何度も顎のしたで素早く往復させているのである。どうやら問題は喉笛を掻き切ることであるらしい。しかもそれは、ほかならぬ私の喉笛であろうかと懸念された。

この奔流のような雄弁に対しドン・ホセは二言三言ぶっきらぼうに答えただけだった。するとボヘミア女はふかい軽蔑のまなざしを男に投げた。それから部屋のかたすみに胡座《あぐら》をかいて坐り、オレンジをえらびとると皮をむいてむしゃむしゃ食べはじめた。

ドン・ホセは私の腕をつかみ、戸を開けて、通りにつれだした。およそ二百歩ほど、私たちは黙りこくって歩いていった。それから彼は、手をさしのべて、

「ずうっとまっすぐ行くんですよ。橋にゆきあたりますから」と言った。

彼はただちに背をむけて、足早に遠ざかっていった。私はなんだか拍子抜けした感じで、かなり不機嫌になって宿に帰り着いた。さらにわるいことには、服を脱ぐと懐中時計がなくなっていた。

いろいろ考えたすえ、翌日それをとりもどしにゆくことも、国王の代官に訴えて捜索してもらうこともやめにした。ドミニコ会修道院の写本についての調査をおえた私

は、セビーリャにむけて出発した。数ヵ月にわたってアンダルシアのあちこちをさまよったのち、マドリードにもどろうとして、ふたたびコルドバに立ちよることになった。もとより長居をするつもりはなかった。美しい町並みとグアダルキビル川の水浴び女たちには少々恨みがあったから。しかし何人かの友人には会っておきたかったし用事もいくつかあったから、この回教時代の古都[25]にすくなくとも三、四日は逗留しなければならなかった。

私がドミニコ会修道院に顔を出したところ、ムンダの遺跡に関する私の研究に大いに関心を示してくれた修道士のひとりが、抱きつかんばかりに歓迎してくれて、こう叫んだ。

「神の御名の称えられんことを！　ようこそお越しくださった、友よ。私どもはみな、あなたが亡くなられたものとばかり思いこんでおりましてな。かく申す私も、いくたびとなく、パーテルやアヴェの祈りをお唱えしたもので。そりゃ無駄骨というわけで

25　コルドバが繁栄をきわめたのは、九世紀から十世紀にかけて、後ウマイヤ朝の統治下にあった時代である。

はありませんぞ、あなたの魂の救いには役に立ちましょうから。ともかく、命だけは助かったのですな？　ともあれ盗まれたのがあなただということは、わかっておりました」

「いったいどういう話なんです？」いささか度肝をぬかれて私はたずねた。

「いや、おわかりでしょうが、あのみごとな復打《またう》ち時計のことですよ、よく図書室であなたが鳴らしていらしたものだ、私どもがそろそろ祈禱所に参らねばというころにね。じつは、あの時計が見つかりましてな！　まもなくお手元にもどりますでしょう」

「それはつまりですね」と私はちょっとあわてて相手をさえぎった、「私がどこかでなくしてしまったので……」

「悪党めは獄につながれております、なにしろ、小銭をうばうためにでも、まっとうなキリスト教徒にむかって発砲しかねない男で、あなたも殺されたにちがいないと死ぬほど心配しておったのですよ。私がお供をして代官さまのところへ参りましょう。あのみごとな時計がもどってくるように私どもがはからいます。ですから、お国に帰られたときに、スペインでは司法警察がなっとらんなどと、どうぞおっしゃらないでいただきたい！」

「打ち明けて申し上げるが」と私は言った、「時計をなくしたままのほうが気楽なように思うんですよ、あのごろつきひとりを縛り首にするために、わざわざ裁判で証言するくらいなら。それというのもじつは……じつはですね……」

「いや、ご心配にはおよびません。なにしろ札付きでございますからな、二度縛り首にするわけにもゆかぬというだけのことですよ。いや、縛り首と申したのはまちがいじゃ。あなたに盗みをはたらいた男は、れっきとした郷士《イダルゴ》でしてね。特赦なしで明後日ガローテに処せられることになっております。[26]おわかりですかな、窃盗が一件くらい増えようと減ろうと、この話は今さら何が変わるでもないのです。盗みだけならまだしもだが！　人殺しがいくつかありましてな、それがどれもこれも、むごいことこの上ないのですわ！」

26（原注）一八三〇年には、これは貴族の特権であった。立憲王政になった今日は、平民もガローテの権利をもっている［「ガローテ」は処刑台に坐らせた死刑囚の首を鉄環で絞める絞首刑の一種］。

「名前はなんというのですか？」

「この辺ではホセ・ナバロで通っておりますがね、ほかにバスク語の名前があって、これはあなたも私もぜったいに発音できないでしょうな。いや、あなた、この男は一度会っておく値打ちがある。この国のめずらしいことをいろいろ知りたいと思っておられるあなたのことだから、スペインで悪者がどのようにしてこの世に別れを告げるのか、見とどける機会をのがしてはなりますまい。あの男は今礼拝堂におりますので、[27]マルティネス師にご案内させましょう」

わがドミニコ会士が「チョットオモチロイ絞首刑[28]」の支度をぜひご覧になるようにとあまり熱心にすすめるものだから、私は断りきれなかった。結局は囚人に会いにゆくことにしたのだが、そのさい葉巻の包みをたずさえて、私の気持ちとしては無粋な訪問の詫びにしたいと考えたのだった。

ドン・ホセのところへ案内されたとき、彼は食事の最中だった。私にむかってかなり冷淡に目礼し、それから持参した手みやげに丁重に感謝した。彼は手わたされた包みの葉巻をかぞえ、そのなかから何本かをぬきとると、これ以上いただく必要はないからと言って残りを返してくれた。

私は彼に、多少の金を工面するか、あるいは知人のコネをつかうかして、いくらかでも獄中のあなたのお役に立つことがあろうかとたずねてみた。はじめ彼は、悲しげな微笑をうかべて肩をすくめただけだったが、やがて思いなおし、自分の魂の救いのためにミサをあげてほしいと言った。

「いかがでしょう」と彼は遠慮がちにつけ加えた、「もうひとつミサをあげていただけませんか。それもあなたに対して無礼をはたらいた者のためなのですが」

「お安いことです」と私は答えた、「でも、この国で私に無礼をはたらいた者など、心当たりはありませんよ」

彼は私の手をとって、おごそかな顔でにぎりしめた。いっときおし黙ったのち、彼は言葉をついだ。

「もうひとつお願いしてよろしいでしょうか?……あなたがお国にお帰りになるときには、おそらくナバラをお通りになるでしょう。すくなくとも、ナバラからそう遠く

27 死刑囚は処刑前の三日間を牢獄内の礼拝堂で聴罪司祭とともにすごす慣わしであった。
28 ドミニコ会士は、ここだけ発音の不正確なフランス語で表現したのである。

はないビトリアは通られるはずだ」

「そうですね」と私は言った、「かならずビトリアは通りますよ。ひょっとしたら回り道をして、パンプローナにまで足をのばしてみようかとも思っているのですがね。それもあなたのためであれば、喜んで回り道をしてみましょう」

「そうですか！　パンプローナにゆかれれば、面白いものをいろいろとご覧になれますよ……綺麗な町です……このメダルをおわたししますので（彼は首にかけている小さな銀のメダルを指さした）、これを紙でくるんで……」彼はここで言葉をとぎらせて、こみあげてくる思いをおさえつけた……「そして、これから所書きを申しあげる女のもとにとどけるなり、あるいはとどけさせるなりしていただきたいのです。――私が死んだと伝えてください。どんなふうに死んだかは、おっしゃらずに」

私は依頼の件はかならず実行すると約束した。翌日も、私は彼に会った。そしてその日の一部をともにすごした。これから諸君がお読みになる悲しい身の上話は、そのとき彼が語って聞かせてくれたものである。

Ⅲ

私はバスタンの谷のエリソンドで生まれました、と彼は言った。名前はドン・ホセ・リツァラベンゴアと申しますが、あなたはスペインのことをよくご存じでいらっしゃるから、この名だけで、私がバスクの人間で先祖代々のキリスト教徒であることがおわかりでしょう。「ドン」を名乗りますのも、それが許される家柄だからで、もしここがエリソンドでしたら、羊皮紙にしたためた家系図をただちにお見せできるはずなのです。家の者は、私が宗門に入ることを期待して学問をさせましたが、これがからっきし身につきません。もっぱらペロタ[29]に入れあげておりまして、これが身の破滅でした。いったんペロタをやりはじめますと、われわれナバラの人間は前後の見境

29　球を壁に当てて打ち合うバスク地方の伝統的球技。

がなくなってしまうのです。ある日、私が勝負に勝ちますと、アラバの男が喧嘩をふっかけてきましてね、そこで「マキーラ」[30]を手にやりあったのですが、またもや私が勝ってしまった。ただし、おかげで故郷《くに》を捨てなければなりませんでした。たまたま竜騎兵たちに出遭ったものですから、騎兵隊がおかれているアルマンサの連隊に志願して入隊してしまいました。われわれ山地の人間は、軍隊の仕事は軽々とおぼえこんでしまいます。私はまもなく伍長になり、じきに軍曹にしてもらえる約束であったのです。ちょうどそのころ、セビーリャの煙草工場の歩哨に立たされましたが、これが不幸のはじまりでした。セビーリャにいらしたことがおありだから、ご覧になったでしょう、グアダルキビル川に近い城壁の外側にそびえた大きな建物です。今でもあの入口や、かたわらの衛兵詰所が目にうかぶようです。スペイン人は、ここの当番になるとトランプをやったり寝てしまったりするのですが、私は生一本なナバラの男ですから、何かで気を張っていないとだめなんです。それで銃の手入れにつかう火門針《エバングレット》[31]をぶらさげるための鎖を真鍮の針金で編んでおりました。そこへ仲間の連中が「ほら鐘がなってるぞ、娘っこたちが仕事にもどる時間だ」って言いだしたのです。ご存じでしょうか、あの工場ではなんと四、五百人の女たちがはたらいているんですよ。大部屋で葉巻を巻くのは女たちで、そこには監察官[32]の許可がないと男は足を踏み入れることもできません。なにしろ女たちは好き勝手な恰好をしておりましてね、とくに暑いときには、若い娘なんかひどいものだ。女工たちが昼食をおえて帰ってくるころになりますと、若い男どもが女の通るのを見にあつまってきて、言いたい放題のことを言っておるのですよ。あのお嬢さんたちときたら、おおかたはタフタのマンティーリャ［薄い絹の上等のショール］をちらつかせただけでついてくるような連中なんですから、好き者にとっては、女を釣るったって、腰をかがめりゃ魚がひっかかるってなもんですよ。男たちが見物をきめこんでいるあいだ、私だけは入口のそばのベンチに坐ったままでした。まだ若かったですからね、故郷《くに》のことが忘れられなかった、青いスカートをはいて肩のうえに編んだおさげ髪をたらした娘[33]だけが綺麗に見えて、ほかは美人も何もない。それにアンダルシアの女たちは恐《こわ》いと思ってました。ま

30　（原注）バスク人たちがつかう鉄で補強したステッキ。
31　火器の点火孔を掃除するための細長い針。
32　（原注）市町村の警察および行政を担当する役人。
33　（原注）ナバラやバスク地方の農婦たちの一般的な身なりである。

だ、ああいう女の遣り口になじめなかったんです、いつも人をからかうみたいで、まじめなことは一言も言わないですから。で、私は鎖のうえにかがみこんでたんですが、そしたら町の男どもが、ほらきたぞ、ヒタニーリャ［ジプシー娘］だ！　って騒ぐのが聞こえて、それでひょいと目をあげて、あの女を見てしまったんです。金曜日でした、忘れようったって忘れられない。あのカルメンを見たんです、ご存じですよね、あの女の家で、何ヵ月かまえに、あなたと出くわしてしまったわけだから。

すごくみじかい真っ赤なスカートをはいてましてね、白い絹のストッキングが丸見えなんだが、これにはいくつも穴があいており、真っ赤なモロッコ革の可愛い靴は火のような紅色のリボンでむすんでいる。マンティーリャは、肩がむきだしになるようにわざとはだけて、ブラウスにはカシア[34]の大きな花束がさしこんである。おまけにもう一輪、カシアの花を唇にちょいとくわえて、それこそコルドバの種馬飼育場で飼われているぴちぴちの牝馬みたいに腰をくねらせながら、こっちのほうへやってくるんです。私の故郷《くに》でしたら、こんな恰好の女を見たら、みんな十字を切ったもんですよ。セビーリャだと、その女っぷりに、男たちがかわるがわるあけすけなお世辞を投げかける。女のほうもひとりひとりに流し目をおくり、腰に握り拳をあてて、その図々しさときたら、さすがは正真正銘のボヘミア女です。私は一目見て、気に入らぬ女だと思いました。それでやりかけの仕事にもどったんですが、ところが、女と猫は呼ぶと来ないけど呼ばないと近よってくるっていうじゃありませんか、あいつが私のまえに立ちどまって声をかけてきましてね。

「ちょいとお兄さん」ってアンダルシアの訛りで言うんです、「その鎖あたしにおくれよ、金庫の鍵をぶらさげておきたいから」

「火門針《エパングレット》をとめるためのものだ」と私は応えました。

「あんたの火門針《エパングレット》だって！」女は笑いながら言いました、「まあ、この旦那、レース編みでもやるわけ、針《エパングル》がいるんだってさ！」まわりの連中もどっと笑い声をあげたものですから、私は顔が赤くなるのを感じましたが、応えようにも言葉が出てきません。「ねえ、あんた」と彼女はつづけます、「あたしに黒いレースを七オンスほど編ん

34 フランス語の cassie スペイン語の casia ラテン語学名の cassia に相当する日本語は「河原決明（かわらけつめい）」である。プレイヤード版の注によれば、acacia farnesiana の俗称であるという。花は黄色でミモザに似ており、つよい匂いを放つ。

んでちょうだい、マンティーリャにするんだから、ね、あたしの可愛い編み物屋《エパングリエ》の兄さん!」――そして口にくわえていたカシアの花を私に投げつけたのです。親指でピンとはじいたのが、ちょうど眉間にあたりました。それはもう、鉄砲玉を喰らったような具合でしたよ……身のおきどころがなくて、ただ棒杭みたいに突っ立っておりました。女が工場のなかに入ってしまうと、足下の地面におちているカシアの花が目に入りました。いったいどう魔がさしたものか、私は仲間に気づかれぬように花をひろいあげ、上着のなかにそっとしまいこんだのです。私がやった馬鹿なことの皮切りです!

二、三時間たってからも、まだ私はそのことを考えておりましたが、そこへ突然、血相をかえた門番が息せき切って衛兵詰所に駆けこんできました。葉巻作りの大部屋で女がひとり殺された、衛兵を送ってほしいというのです。軍曹は私に、兵隊を二人つれて見にゆくよう指示しました。私は二人の部下をしたがえて階上《うえ》にあがってゆきます。いや考えてもみてください、部屋に入るとまず三百人もの女がいて、肌着一枚か似たりよったりの恰好で、みんながいっせいに叫んだり、悲鳴をあげたり、腕をふりあげたり、その騒ぎのすさまじいことといったら、雷さまが鳴ったって聞こえないほどだ。いっぽうには女がひとり、手足をつっぱらかしてひっくりかえっていましてね、血まみれなんですよ、顔にXの印がついているのは、ナイフで二突きやられた傷なんです。仲間のいちばんましな連中が、やられたほうの女を介抱しようとしているんだが、その正面には、なんとカルメンがいて、五、六人の女どもが羽交いじめにおさえつけています。やられたほうの女は、「お坊さんを呼んでおくれ！　懺悔をしたいんだよ！　あたし、もう死んじまう！」と叫んでいます。カルメンは黙ったまま、歯をくいしばって、カメレオンみたいに目をぎょろつかせていましてね。「いったいどうしたんだ？」と私は訊きました。何がおきたんだか、理解するのは容易なことじゃありませんでした。なにしろ全部の女工が私にむかっていっせいにまくしたてるんですから。要するに、やられたほうの女が自慢話をしたらしいんです。トリアーナ[35]の市場で驢馬《ろば》を買うくらいの小金をもっているとかなんとか。「へえ」と口の悪いカルメンが言った、「おまえさん、跨がるのは箒だけでうんざりなんじゃないのかい？」

35　セビーリャ郊外、グアダルキビル川の右岸に位置する地区で、ジプシーの居住区として知られていた。

相手の女は、ひょっとしたらその件ではほんとに後ろめたい女だったかもしれませんが、そんな言いがかりをつけられてむかっときた。箒のことはあんまり詳しくない、なにしろこっちはありがたいことに、ボヘミア女でもなければ、サタンの娘分でもないからね、だけど、カルメンシータのお嬢さんも、じきに驢馬さんと知り合いになれるだろうさ。代官さまのおかげで、蠅を追っ払う下男が二人ついた縄付きのあんたが、町中をひきまわされるようになったらね。[36]「そうかい」とカルメンはやり返しました、「じゃ、あたしは蠅の水飲み場[37]をつくってやろうじゃないの、おまえの顔にさ。ちょいと市松模様をつけてやる」[38]。――そう言うがはやいか、パッパッとやっちまった。さっきまで葉巻の先をちょん切っていたナイフで、相手の顔に聖アンドレアの十字架[39]を描いてしまったというわけです。

白黒ははっきりしていました。私はカルメンの腕をつかみました。「お姐《ねえ》さん」と私は丁寧に言いました、「いっしょに来てもらいましょうか」。彼女は私がだれかわかっているといいたげな目つきをしましたが、それからあきらめたような様子で言いました。「いくわよ。あたしのマンティーリャはどこ?」それを頭からかぶって、大きな目を片方だけのぞかせると、彼女は羊のようにおとなしく二人の兵隊のあとにしたがいました。一行が詰所に着くと、軍曹は、これは重大事件だから女を監獄につれてゆかねばならないと言うのです。連行するのは、またしても私の役目でした。女の両脇に二人の竜騎兵をつけ、このような場合に伍長がやるべき役目どおりに、私はうしろからついてゆきました。われわれは町にむかって出発しました。はじめボヘミア女は黙りこくっておりました。ところが蛇小路[40]――ご存じですよね、くねくね曲がっているためにそんな名がついたのですが――その蛇小路に入りますと、女はまずマン

---

36 鞭打ちの刑についてのあてこすり。罪人を驢馬の背にのせて街を引き回し、四辻ごとに肩脱ぎにして鞭打ちをおこなう。きわめて不名誉な刑とみなされ、不貞の罪を二度犯した女、魔女などがその対象となった。

37 abreuvoirs à mouches ビュルレスク文体（十七世紀半ばごろに流行した俗語の多い滑稽な文体）に由来する言い回し。

38 （原注） pintar un javeque ジーベック船を塗る。スペインのジーベック船は、大多数がその帯状飾りを赤白の市松模様に塗っている。

39 X字型の十字架。キリストの最初の使徒、聖アンドレアがこの十字架で磔刑に処されたことに由来する。

40 Calle de las Sierpes 町の中心部にある非常に狭い繁華街。

ティーリャをするりと肩まですべらせて、色気たっぷりの顔がよく見えるようにしてから、できるだけ私のほうをふりむいて、こう言いました。「ねえ士官さん、あたしをどこにつれてゆくの?」

「監獄だよ、気の毒だが」と私はできるかぎり優しく答えました。立派な軍人は罪人に対して、とりわけ女に対しては、そうすべきだからです。

「まあ、あたし、どうしよう! 士官の旦那、あたしを可哀想だと思ってよ。あんた、そんなに若くって、素敵なんだもの!……」それから声を低めて、「逃がしておくれ」と彼女は言いました、「そしたら魔法の石《バール・ラチ》をひとかけら、あんたにあげるよ。それがあれば、どんな女もあんたに惚れちまうって石なんだよ」

魔法の石というのはですね、じつは磁石なのですが、ボヘミアンたちの話では、使い方さえ知っていれば、いろんな魔法ができるというのです。削った粉をひとつまみ、白ワインにまぜて女に飲ませれば、ころりとまいってしまうとか。そこで私は、できるかぎり重々しく応えました。

「くだらぬおしゃべりをしている場合ではない。監獄にゆかなければならないのだよ。命令だからな。どうにも仕方のないことだ」

私たちバスク地方の人間は、訛りがあるものですから、簡単にスペイン人と見分けがついてしまいます。逆に、スペイン人のなかには、ちゃんと bai, jaona[41] と発音できる人間はひとりだってありゃしません。そんなわけでカルメンは、私がそちらの地方から出てきたことを容易に見抜いてしまいました。ご存じでしょうが、ボヘミアンというのはどこの国の人間でもない、たえず旅をしていますから、どの国の言葉でもしゃべりますし、おおかたの者は、ポルトガルにいようと、フランスにいようと、バスク地方にいようと、カタルーニャにいようと、どこにいようと、自分の国にいるようなものなのです。連中は、モール人とでも、イギリス人とでも話が通じるんですよ。カルメンはバスクの言葉をかなり上手に話しました。「Laguna, ene bihotsarena. 懐かしいお友達」と不意に彼女が言いました、「あなたも故郷《くに》の人かしら？」

私たちの言葉はそれは美しいので、よその土地にいるときにこれを耳にすると、切なさに身震いするほどなのです……。「ひょっとして、懺悔のお坊さんにバスク出の人がいてくれたら」、盗賊は声を低めてこうつけ加えた。そしてふっと押し黙ったの

41（原注）Oui, Monsieur「はい、そうです」の意。

ち、彼は話をつづけたのである。

「私はエリソンドの者だよ」と私はバスク語で答えました。女が故郷《くに》の言葉を話すのを聞いて、ひどく心を動かされてしまったのです。

「あたしは、エチャラールの出よ」と彼女は言いました。――私のところから四時間でゆけるところです。「ボヘミアンたちにセビーリャにつれてこられたの。工場ではたらいていたのは、ナバラの母さんのそばに帰るお金をかせぐためよ。気の毒な母さんが頼りにできるのは、このあたしだけ、それとシードルをつくる林檎の木が二十本植わった小さなbarratcea[42]があるきりなの。ああ、あの白い山が見える故郷《くに》にいられさえしたら！ あたしがいじめられたのは、腐ったオレンジを売りつけるいかさま師ばっかりの、この土地の人間じゃないからさ。それにセビーリャのjacques[43]なんか、みんなでナイフをもってかかってきても、青いベレー帽をかぶってマキーラをもった故郷《くに》の男はびくともしないよって、あたしが言ったもんだから、あのあばずれたちがそろってあたしにかかってきたんだよ。ねえ、お友達、故郷《くに》の女のために、なんにもしてくれないってことないだろう？」

嘘をついていたのですよ。いつだって嘘ばかり。あの娘が、一生に一度だって、ほんとのことを言ったかどうか、あやしいもんだ。ところが、あれが話していると、私は信じてしまう。自分ではどうにもならんのです。あれのバスク語なんか、めちゃくちゃなんですよ。それなのに、ナバラの生まれだと信じてしまった。目を見ただけで、それにあの口もと、顔色を見れば、ボヘミア女であることは、疑いようもないのに。頭が狂っていたんです、もう何がなんだかわからなくなっていた。ただこう考えました、私だって、もしスペイン人たちがつけあがって私の故郷《くに》をけなしたりしたら、そいつの顔に切りつけていたにちがいない、この女が仲間の女工に対してやったのとおなじように、とね。要するに酒に酔っぱらったみたいでした。男が馬鹿なことを考えはじめたときには、じきに馬鹿をしでかすつもりになっているんでしょうかね。

「もし、あたしがあんたをつっついて、それであんたがころんでくれたら、ねえ、故郷《くに》の人」と彼女はバスク語で話をつづけました、「そうすりゃ、カスティーリャの若造二人くらい、あたしゃ上手に巻いてみせるけど……」

42 (原注) 囲い地、庭。

43 (原注) こわもて、よた者。

あきれたことに、私は命令も何もけろりと忘れてしまって、こう言いました。「そうかい、それじゃ同郷の娘さん、やってごらんよ。あとは山の聖母さまがお守りくださいますように！」ちょうど私たちは、セビーリャによくある狭苦しい路地にさしかかったところでした。突然、カルメンがふりむいて、私の胸に拳固をくらわせます。私はわざと仰向けにひっくり返りました。彼女は、ひとっ飛びで私のうえをまたいで走りはじめましたが、両のふくらはぎが丸見えでしてね！……バスクの脚[44]って褒め言葉があるんですが、あの女の脚は、それにひけをとりません……すばしっこさといい、恰好のよさといい。私はすぐに立ちあがります。ただし槍を横ざまに構えて[45]、道を塞いでやったのです。その結果、二人の兵士はのっけから追跡をはばまれることになりました。それから私自身も走りだし、二人がそのうしろから追いかけました。でも、今さら追いつけと言ったって！ 無理な話ですよ、なにしろわれわれは、拍車やら、サーベルやら、槍までがちゃつかせているのですから！ こうやってお話しする間《ま》より、もっとみじかいくらいでした、あっという間に、囚人の女は姿をくらましておりました。それに街のかみさんどもが、そろって逃亡に加勢するのです。われわれをからかって、あっちだこっちだと嘘を教える。あちこちをさんざん行ったり来たりしたあげく、私たちは刑務所の所長の受取証をもたずに衛兵詰所にもどってこなければなりませんでした。

部下の兵士たちは、罰をうけるのがいやなものですから、カルメンが私とバスク語で話していたと申し立てました。それに、ありていに言って、私みたいに頑丈な男が、あんな小娘の拳《こぶし》の一突きくらいで簡単にのびてしまうなんて、あまり自然な話じゃありませんよね。なにもかもうさんくさい、いやむしろ、すべて見え見えということになりました。その日の勤務をおえたところで、私は位を下げられ、ひと月の営倉入りです。軍隊に入って、はじめて罰をうけた。すでに手に入れたも同然と思っていた軍曹の金筋も、これでおさらばというわけです！

営倉での最初の日々は、ひどくもの悲しく思われました。兵隊になったときは、すくなくとも士官にまではなれるつもりでおったのです。私と同郷の男たち、ロンガや

44　十九世紀の『ラルース大辞典』によれば、バスク人は「身体をつかうことすべてに優れ、その敏捷さは世に知られている」という。

45　（原注）スペインの騎兵はかならず槍で武装している。

ミナは、立派に将官に出世しています。チャパンガルラはミナと同様、反王党派《ネグロ》[46]でして、おなじくあなたのお国に亡命したのですが、あのチャパンガルラは大佐でしたよ。彼の弟とは、なんどとなくペロタの勝負をやったものです。そいつは私と変わらぬ穀つぶしだった。今さらのように、私は自分自身にこう言い聞かせました。大過なくすごしてきたこれまでの時間を、おまえはすっかりむだにしてしまった。一度へまをやってしまった以上、上官の覚えがよくなるまでには、新兵になったときの十倍もはたらかなければならないのだぞ！　それにしても、私はなんのために、罰をうけるようなことをやったのでしょう？　私のことを馬鹿にしているにちがいないボヘミアの性悪女、今ごろは街のどこかで盗みでもやっていそうな女のためではありませんか。そうとわかっていながら、あの女のことを考えてしまうのです。信じられないような話ですが、あの女が逃げるときにむきだしにして見せた穴だらけの絹の靴下が、目のまえにちらついてはなれません。監獄の格子から通りをながめていても、道行く女たちのなかにはだれひとり、あのあばずれ娘にならぶ者がいようとは思われません。それから私はわれにもあらず、彼女が投げつけたカシアの花を嗅いでみたりするのです。花は干からびても、よい匂いはあいかわらずでした……この世に魔女というものがいるとしたら、あの娘はまさにそれでした!

ある日、看守が入ってきて、私にアルカラのパンをわたしました。「ほら」と看守は言いました、「おまえさんの従妹《いとこ》からの差し入れだよ」[47]。私はびっくりしてパンをうけとりました。セビーリャに従妹なぞおりませんでしたから。何かの間違いかもしれない、と私はパンをながめながら考えました。しかしあんまりうまそうで香ばしい匂いがするものですから、どこから来たものか、だれに宛てられたものかは、このさいどうでもいいという気になって、食べることにきめました。パンを切ろうとすると、ナイフがなにか固いものに当たりました。よく見ますと、パンを焼くまえに練り粉のなかにしのばせたものらしい、イギリス製の小さな鑢《やすり》が入っています。パンのなかには、二ピアストルの金貨まで入っておりました。これはもう、疑いようもない、カルメンの贈り物です。あの種族にとっては自由こそがすべて、一日牢屋に入るくらい

46 los blancos すなわち「白」が王党派を指すのに対し、自由派を「黒」と呼んだ。

47 (原注) Alcalá de los Panaderos [パン屋のアルカラ] はセビーリャから二里ほどはなれた町で、とても美味しいプチ・パンをつくっている。これがうまいのは、アルカラの水質がよいせいだといわれており、毎日、多量のパンがセビーリャ市中にはこびこまれる。

なら、町ひとつを焼き払ってもいいと考える連中です。それにあの女は相当なしたたか者ですから、こんなパンをとどけることで看守をからかってもいたのでしょう。この小さな鑢をつかえば、一時間たらずで、いちばん太い格子だって断ち切ることができる。二ピアストルもあれば、通りすがりの古着屋で、軍服を平服に着替えることができるのです。おわかりでしょうが、故郷《くに》の岩山ではしょっちゅう鷲の巣から雛を盗んだりしていたこの私が、地上三十尺あるかないかの窓辺から往来に飛び降りるくらいのことで怖気づくはずもありません。でも私は脱獄したくなかった。まだ兵士の誇りというものがありましたし、脱走というのは、とんでもない罪だと思われたのです。それはそれとして、あの女が私のことを忘れないでいるという証しには、ほろりとさせられました。監獄に入っていると、外の世界に自分のことを考えてくれる人がいると思うだけで心が慰められるものなのです。金貨にはいささか気持ちが傷つけられました。できるものなら返したいと思いました。しかし返すべき相手は、どこにいったら見つかるのでしょう？　これは容易な話ではなさそうです。

降任の儀式を経験してからは、もうこれ以上つらい思いはしないですむと考えておりました。ところがまだ屈辱をしのばなければなりませんでした。営倉から解放されて、ふたたび勤務についたときのことですが、私はただの兵卒として歩哨に立たされた。ちっとは根性のある男が、こんな場合にどんな気持ちになるか、たぶん想像もつかないでしょうね。いっそのこと銃殺されたほうがましだと思ったものでした。すくなくとも刑を執行する銃撃隊の先頭に立って、ひとりで歩くことができる。自分がただ者ではないという気がするだろうし、みなが注目してくれますからね。

私は大佐の宿舎の歩哨に立たされました。大佐は金持ちの青年で、陽気な遊び人でした。若い士官たちはのこらずこの家にやってきましたし、町の連中が大勢つめかけて、なかには女たちもおりましたが、それは芝居をやる女たちだという話でした。ところが私にしてみれば、町中の奴らが私をじろじろ見るためにに家の門口にあつまってきたような気分です。そこへ大佐の馬車があらわれました。馭者台には従僕がいます。その馬車から、いったいだれが降りてきたと思います?……ヒタニーリャですよ。今回は宝石箱のようにぴかぴかでした。全身が金ずくめ、リボンでうまるみたいにごてごてと飾りたてておりました。ビーズをあしらったドレスに、これもビーズ刺繡の青い靴、その上ところかまわず花や飾り紐がついています。手にはタンバリンをもっていました。彼女のほかに、若いのと年寄りと、二人のボヘミア女がおりました。若い女たちが出歩くときは、かならず婆さんがついてくることになっているのです。それからギターをもった年寄りの男もいて、これもボヘミアンですが、音楽をやって女たちを踊らせる役というわけです。ご存じでしょうが、金持ち連の遊興にボヘミア女たちが呼ばれるのは、めずらしいことではありません。女たちの踊りは「ロマリス」といって、それをやらせたり、まあ、ずいぶんちがう話だったりすることもあるようですが。

カルメンは私の姿をみとめ、私たちは視線を交わしました。なぜかわかりませんが、私はそのとき、地面の下の奥ふかく身をかくしてしまいたいという気持ちにおそわれました。「Agur laguna.」[48]と彼女は言いました。「まあ、士官さん、あんた、新兵さんみたいに歩哨に立つのかい！」そして私が言葉を返す間もなく、家のなかに入ってしまいました。

招かれた人々がパティオ〔中庭〕にあつまっていたので、かなり混雑はしていたものの、鉄柵ごしに中の様子はだいたい見てとれるのでした。[49]カスタネットやタンバリンの音、そして笑い声や拍手喝采が聞こえました。あの女がタンバリンを手に跳びはねると、頭がひょいと見えたりもするのです。それからあの女に言い寄る士官たちの声も聞こえてきて、私は頭にかっと血がのぼるのを感じました。彼女がどんなふうにうけ応えしているのかは、まったくわかりません。この日から、私はあの女を本気で愛してしまったのだと思います。何度かは、いっそのことパティオにとびこんで、おべんちゃらを言っている優男《やさおとこ》たちの腹に片っ端からサーベルをおみまいしてやろうかという気になったくらいなのですから。私の拷問はたっぷり一時間はつづきました。ようやくボヘミアンたちが出てきて、馬車が彼らを迎えにきました。カルメンは通りすがりに、あなたもご存じのあの目で私を見つめ、小声で言ったのです、「ねえ、故郷《くに》の人、美味しい揚げ物が好きだったら、トリアーナのリーリャス・パスティアのお店にきてごらんよ」。そして彼女は仔山羊のように軽やかに馬車に飛び乗り、馭者が騾馬に鞭をくれると、にぎやかな一団はいずこへともなく去ってゆきました。

48（原注）Bonjour, camarade.「あら、こんにちは」
49（原注）セビーリャのほとんどの家には、柱廊にかこまれた中庭があり、夏はここですごす。中庭には天幕が張ってあり、日中にはこれに水をそそぎ、夜になるとこれをとりはらう。往来に面した門はほとんどいつも開けたままだが、中庭に通じる玄関ホール zaguán は優美な細工をほどこした鉄の格子で閉ざされている。

お察しのとおり、私は歩哨の勤務をおえるとさっそく、トリアーナに出向きました。いやそれ以前に私は、まるで観兵式の日のように髭をそり全身にブラシをかけてめかしこんだのです。女はリーリャス・パスティアの店におりました。揚げ物屋の爺さんは、モール人のようにあさ黒いボヘミアンで、町の連中が魚の揚げ物を食べるために大勢あつまってくる。どうやら、カルメンがここを根城にして以来、繁盛しているようでした。

「リーリャス」、彼女は私の姿をみとめるとすぐさまこう言いました。「もう今日はおしまいにするわ。明日は明日の風が吹くっていうからね![50] さあ、故郷《くに》の人、散歩にゆきましょうよ」

彼女はマンティーリャを鼻先まで深々とかぶり、私たちは通りに出たのですが、さてどこにつれてゆかれるものか、私には見当もつきません。

「お姐さん」と私は語りかけました、「あんたにお礼を言わなければならないようだ。私が牢にいるあいだに届けてくれたもののことですがね。パンは食ってしまいました。鑢《やすり》は槍をみがくのにつかわせてもらいましょう。あんたの思い出にもらっておきますよ。ただし金は、このとおりお返しします」

「あれまあ！　この人、お金をとっておいたんだってさ」と彼女は笑いころげて言いました、「でも、ちょうどよかった、なにしろ今は文無しだからね。でもかまやしないさ。犬も歩けば飢え死にはしないっていうじゃないか。[51]さぁて、全部食べちまおうよ。あんたがあたしにおごるんだからね」

私たちはセビーリャの町へとって返しました。蛇小路の入口で彼女はオレンジを一ダースほど買いこみ、私のネッカチーフにつつませました。その先ではパン、ソーセージ、マンサニーリャ[52]を一瓶買い、さらに菓子屋に入ってゆきました。そこで彼女は私が返した金貨ともう一枚彼女のポケットに入っていた金貨、そして銀貨を何枚か、勘定台のうえに投げだしました。その上私に、あるったけ全部お出しと言います。持ち合わせは、一ペセタと小銭がすこしだけでした。それしかないのを恥じながら、金をわたしました。まるで店の商品を買い占めそうな勢いでしたよ。とにかく彼女は、

50（原注）Mañana será otro día.（スペインのことわざ）。
51（原注）Chuquel sos pirela, Cocal terela.「犬も歩けば骨に当たる」（ジプシーのことわざ）。
52 アンダルシア産の辛口シェリー酒。

いちばん綺麗でいちばん高いもの、ジェマ[53]とかトゥロン[54]とか、砂糖漬けの果物とか、金のつづくかぎり手をのばすのです。それをまた全部、紙袋に入れて私がかかえてゆかねばなりませんでした。ご存じかもしれませんが、カンディレホ街には、正義王ドン・ペドロの頭像[55]がおかれています。本来なら、あの像を見て思い返すべきだったのです。私たちはこの通りに着くと、一軒の古びた家のまえでたちどまりました。彼女は小径に入って階下の部屋をノックしました。ひとりのボヘミア女、まさにサタンの召使いという感じの女がドアを開けました。カルメンはロマニー語で何か話しています。はじめ老婆はぶつくさ言っておりました。カルメンは機嫌をとるためにオレンジを二つ、ボンボンをひとつかみあたえ、ワインの味見までさせてやりました。それから老婆の背中にマントを着せかけてやって戸口まで送ると、木の閂《かんぬき》をかけて扉を閉めてしまいました。二人きりになったとたんに、女は狂ったように踊って、笑いころげ、こう歌うのです、「あんたはあたしのロム、あたしゃあんたのロミ[56]」。私は部屋のまんなかに突っ立って、山のような買い物を腕にかかえたまま、どこにおいたものかとまよっておりました。彼女はそれを全部床にぶちまけると、私の首ったまにかじりついて言いました、「あたしゃ、借りを返すんだよ、借りを返すんだよ！　これがカーレの掟なんだもの！」ああ！　そうなんです、あの日のこと！　あの日のこと！……あれを考えると、明日という日があることも忘れてしまうのです。

盗賊はここでしばし口をつぐみ、葉巻に火をつけなおしてから言葉をつづけたの

53（原注）yemas　黄卵と砂糖でつくった菓子。

54（原注）turon　ヌガーの一種。

55（原注）国王ドン・ペドロ［ドン・ペドロ一世。在位一三五〇〜一三六九年］をわれわれは「厳格王」と呼んでいるが、カトリック王妃イサベルは「正義王」としか呼ばなかった。王はカリフのハルン＝アル＝ラシドのごとく、夕方になると冒険を求めセビーリャの街をさまよった。ある夜、彼はひとけのない通りでセレナードを歌っている男と、もめ事をおこした。果たし合いになり、王は恋の騎士を殺してしまった。剣をまじえる音を聴いて、ひとりの老婆が窓から顔をだし、手にもっていた小さなランプ、すなわちcandilejo「カンディレホ」でその場を照らした。報告しておかねばならないが、ドン・ペドロ王は敏捷で強靭な体軀でありながら、骨格に奇妙な欠陥があった。歩くと膝蓋《しつがい》がカタカタと鳴るのである。老婆はこの音を聴いて、だれであるか容易に見ぬいてしまった。翌日、当直の町の役人が、王のもとに報告に参上した。「陛下、昨夜しかじかの街で果たし合いがございました。ひとりは事切れております」「下手人は判明しておるのか」「仰せのとおりにございます、陛下」「なぜその者がすでに罰されていないのか」「陛下、ご命令をおまちしておりますので」「法の定

だった。

その日は一日中、食べたり飲んだりほかのことをやったりしてすごしたものです。彼女はまるで六つくらいの子供みたいに、ボンボンをむしゃむしゃ食べたかと思うと、今度は婆さんの水瓶《みずがめ》に手づかみで投げこんでみたりします。「シャーベットをつくってやるんだよ」と言うのです。ジェマを壁に投げつけてつぶしては、「蠅どもが、こっちにたからないようにするためさ」と説明する……。とにかく思いつくかぎりの悪戯《いたずら》や馬鹿騒ぎをやりました。踊りが見たいのだが、でもカスタネットはなさそうだねえ、と私は女に言いました。すると女は即座に、婆さんがもっているたった一枚の皿をつかみとり、粉々に叩きわって、瀬戸物のかけらをカチカチと鳴らしながらロマリスを踊りはじめます。それこそ黒檀か象牙のカスタネットを手にしたかのような具合です。あの娘のそばにいれば、退屈することなんかありえない、これは保証つきだ。やがて夕刻になり、帰営をうながす太鼓が聞こえてきました。

「隊に帰らなくちゃならん、点呼があるからな」と私は言いました。

「隊に帰るって？」彼女はさも馬鹿にしたように言いました、「奴隷でもあるまいし、棒でこき使われようってのかい？　ほんとにカナリア[58]みたいな男だよ、着ているものも、気性もさ。ほらね、やっぱし雌鶏みたいに気がやさしいんだろ」。私は営倉にぶちこまれることを覚悟して、いのこりました。明け方になると、もう別れようと言いだしたのは、女のほうでした。「ねえ、ホセのお兄さん」と彼女は言いました、「あた

むるところをおこなえ」おりしも王はひとつの法令を発したところであった。決闘をおこなった者は首を刎《は》ね、その首を闘いがおこなわれた場にさらしものにするというのである。役人は、機転を利かせてこの難局を切りぬけた。国王の像の首をのこぎりで挽かせ、殺人現場の通りのまんなかにある壁龕《へきがん》に安置したのである。国王はじめセビーリャの住民はこぞってこの処置をほめちぎった。この通りには、事件の唯一の証人である老婆のランプの名があたえられた。――以上がちまたに伝わる物語である。もっともスニガの紹介する話には、ささやかながら相違がある（『セビーリャ年代記』第二巻、一三六ページ）。いずれにせよ、セビーリャの町には今日でもカンディレホ街が存在しており、しかもこの通りには、ドン・ペドロの像だといわれる石像がある。残念ながらこの胸像はあたらしいものだ。昔の胸像は十七世紀にはすでに磨滅しており、当時の役所が今日見られるものと替えてしまったのである。

56（原注）rom は「夫」romi は「妻」の意味。

57（原注）男性形 calo 女性形 calli 複数形 calé　字義通りには「黒」を意味する言葉だが、ボヘミアンたちの言語で、彼らはみずからをこう呼ぶのである。

58（原注）スペインの竜騎兵は、黄色の軍服を着ている。

し、ちゃんと支払いをしただろう？　あたしたちの掟はこうなんだよ、おまえさんには、もう借りはない、なにしろあんたはパイリョ［よそ者］なんだ。でもおまえさん、綺麗な男だねえ、気に入ったよ。いいね、これで貸し借りはなしだ。さよなら」

　今度はいつ会えるのか、と私は訊ねました。

「おまえさんが、あんまり間抜けな男でなくなったらね」と女は笑いながら答えました。それからすこし真顔になって、「わかるかい、あんた？」と言うのです。「あたしねえ、ちょっと惚れちまったみたいだよ。でも長つづきするもんじゃないさ。犬と狼がいっしょになったって、うまくゆくわけないもの。もしかしておまえさんが、エジプトの掟[59]にしたがう仲間になってもいいっていうんなら、おまえさんのロミになってあげようかなって思うけど。でも、馬鹿な話さ、そんなことやっちゃいけないよ。ねえ、兄さん、はっきり言っとくけどね、おまえさん、運がいいんだよ。おまえさんは悪魔に会っちまった、そう、悪魔だよ。悪魔は黒いとはかぎらないのさ。あんたの首もへし折らなかったもんね。このとおり、羊の毛でつくったもんを着ているけど、あたしは羊ではありませんよ。[60]あんたのマハリ[61]にお礼の大蠟燭をあげにゆきな、ちゃんと御利益があったんだから。さあ、もう一度言うけど、これでお別れだよ。カルメンシータのことは、もう考えないほうがいい。さもないと、木の脚の後家さん[62]と祝言をあげる羽目になるだろうよ」

こんなふうにしゃべりながら、彼女は閉ざされた扉の閂をぬきとり、通りに出るとマンティーリャにすっぽりくるまって、すたすたと行ってしまいました。

女の言ったことは本当でした。もうあの女のことは思い切るべきだった。ところが、カンディレホ街ですごしたあの日からというもの、ほかのことは何も考えられない。ひょっとしたら女に出くわすかもしれないと期待して、日がな一日街をうろついたものです。あの老婆にも、揚げ物屋の親爺にも、消息を訊ねてみました。二人は口をそ

---

59 égyptien「エジプト人」の古い用法には「ジプシー」の意味があり、今後頻出する「エジプト稼業」という言葉もおなじ用法である。こうした発想そのものが、ジプシーの「エジプト起源説」を反映し、補強していることはいうまでもない。

60 （原注）Me dicas vriardá de jorpoy, bus ne sino braco.（ジプシーのことわざ）。

61 （原注）聖女——聖母マリアのこと。

62 （原注）絞首台のこと。最後に吊るされた男の寡婦《やもめ》だから「死刑を処刑台との婚姻に喩える隠語」。

ろえて、ラロロ[63]にいっちまったよ、と答えました。連中はポルトガルをこう呼んでいるのです。たぶんカルメンの指図で口裏を合わせていたのでしょう。嘘をついているのだということが、まもなくわかりました。カンディレホ街の日から数週間たったころ、私は町の城門のひとつで歩哨に立っておりました。その門からちょっとはなれたところに、城壁をうがつ大きな穴ができており、昼間は人足がはたらいていましたが、夜は密輸をやる連中を見張るための歩哨がおかれていたのです。日中、あのリーリャス・パスティアが、しきりに衛兵詰所のまわりをうろついて、私の同僚のだれかれに話しかけているのを見かけました。みなあの男の顔は知っていました。あの男の食わせてくれる魚や揚げ物は評判でしたから。男は私に近づいて、カルメンから便りがあったかとたずねました。

「ない」と私は答えました。

「じきにあるだろうさ、兄さん」

男の言ったとおりでした。夜になって私は、城壁の穴の見張りに立たされました。伍長が引きあげるとすぐ、ひとりの女が私のほうへやってくるのが見えました。カルメンであることが、勘でわかりました。それでも私はこう叫んだのです。「あっちへゆけ！　ここは通行禁止だ！」

「ねえ、意地悪しないでよ」、女は自分だという合図をしながら言いました。

「なんだ、おまえさんか、カルメン！」

「そうさ、故郷《くに》の人。ちょっとだけ話そうよ、しっかり話しておきたいことがあるんだ。あんたドゥーロ[64]がほしくないかい？　じきに荷物をかついだ男たちがやってくる。黙って通してやっておくれ」

「だめだ」と私は答えました、「そいつらを通すことはならん。命令だからな」

「命令かい！　命令だってさ！　カンディレホ街のときは、それも考えなかったのじゃなかったかい」

「ああ！」私はそのことを思い出しただけで、もう気が動転して、こう答えてしまいました。じっさい命令を忘れるだけの値打ちはあったのです。「だがな、おれは密輸

63　（原注）「赤い（土地）」の意味。
64　二〇レアル、すなわち五ペセタが、一ドゥーロに相当する。五ペセタ銀貨を、一般に「ドゥーロ」と呼びならわしていた。

団の金なんぞはほしくないんだ」

「そうかい、金はほしくないというんなら、もういっぺんいっしょにドロテア婆さんのところへいってさ、御飯を食べたいかい？」

「だめだ！」必死の努力のために喉をしめつけられたようになって、私は言いました、

「そんなことはできない」

「おやそうかい。おまえさんがそんなに勿体《もったい》ぶるんなら、ほかに当てがあるからいいよ。あんたんとこの隊長さんを誘ってみよう、ドロテア婆さんの家に行こうってさ。ものわかりのいい男らしいから、見てもいいものしか見ないような奴を番兵に出してくれるさ。あばよ、カナリヤさん。命令が出てあんたが首吊りになる日には、大笑いしてあげようじゃないか」

私はみっともなく女を呼びもどし、必要とあればボヘミアンの連中を片っぱしから通してやろうと約束しました。自分の望む唯一の報酬が手に入るのなら、と条件をつけて。女はただちに、翌日にも約束を果たそうと誓いました。そして仲間たちに知らせるために走ってゆきました。連中は目と鼻の先で待ちかまえていたのです。パスティアもふくめ、全部で五人いましたが、イギリスからの商品をそろって山のように

背負っておりました。カルメンは見張り役です。巡邏兵《じゅんらへい》を見かけたら、カスタネットで合図をする手はずでしたが、その必要もありませんでした。なんせ密輸人たちは、またたくまに仕事を片づけてしまったのです。

翌日、私はカンディレホ街にゆきました。カルメンはさんざん待たせたあげく、仏頂面をしてやってきました。「あたしゃ、二つ返事でひきうけてくれない奴はきらいなんだ」と彼女は言いました、「初めのときは、もっと親身に助けてくれたじゃないか、お返しに何がもらえるかなんて話なしにさ。きのうは、あたしにむかって取引したんだよ。どうしてのこのこやってきたんだか、自分でもわからないよ。もうおまえさんなんか、好きじゃないんだから。ほら、もう帰っておくれ、お駄賃にこのドゥーロ、あげるからさ」。すんでのところで銀貨を女の顔に投げつけそうになりました。女をひっぱたくまいとして、必死に自分をおさえました。小一時間も口論したあげく、私は怒り狂ってそこを飛び出しました。しばらくは街をさまよって、頭がおかしくなったみたいにあちこちを闇雲に歩きまわっていました。しまいに教会に入って、いちばん暗い隅っこに腰をおろして、涙をぼろぼろこぼしたのです。ふと、人声が聞こえました。「竜の涙ってやつかしら！　もらって惚れ薬でもつくりたいねえ[65]」目をあげると、真正面に突っ立っているのはカルメンでした。「ねえ、故郷《くに》の人、まだ怒っているのかい？」と女は言いました、「どうやらあんたが好きになっちまったみたいなんだよ、どうにもしようがないんだ。だってほら、あんたが行っちまったとたんに、なんかこう妙な気持ちになるんだもの。ねえだから、今度はあたしがおまえさんに頼みにきたんですよ、カンディレホ街に寄っておくれって」。こうして私たちは仲直りしたのです。でもカルメンの気が変わりやすいことときたら、まるで私の故郷《くに》の空模様みたいでした。あの山のなかでは太陽がいっぱいに輝いているときほど、嵐が間近にせまっているのです。ドロテア婆さんのところでまた会おうと約束しておきながら、あの女はあらわれませんでした。婆さんに聞いても、エジプト稼業[66]でラロロに行っちまったよ、の一点張りです。

それが何を意味するのか、こちらはすでに身に覚えがあります。ひょっとしてカルメンがいるかもしれないとあちこちさがしてまわり、日に二十回もカンディレホ街をのぞいてみる始末でした。ある晩、私はドロテア婆さんのところにおりました。ときどきアニゼット［甘いリキュール酒］をふるまったりして、ほとんど手なずけてあったのです。そこへ不意にカルメンがあらわれました。若い男をつれており、それはなんと私のいる連隊の中尉でした。「さっさと出ておゆき」と女はバスク語で私に言いました。私はあっけにとられ、腸《はらわた》は煮えくり返ったまま、棒立ちになっておりました。「貴様、こんなところで何をやっておる?」中尉が私にむかってどなります、「消えて失せろ、出てけ!」私は一歩も動けない、まるで金縛りに遭ったみたいに。私が引きさがるでもなく、軍帽をぬぎもしないので、士官はかっとなって私の襟首をつかみ、手荒くこづきました。そこで私は何やら口走ったらしい。相手は剣をぬき、こちらも鞘をはらう。老婆が私の腕にしがみつき、中尉は私の額に切りつけました。今でも傷跡がのこっています。私は後ずさりして、肱の一突きでドロテアをひっくり返しました。そして、中尉が追いかけてくるものだから、切っ先でずぶりとやったら、相手のほうが剣にのしかかってしまった。カルメンがランプを吹き消して、ドロテアにむかい自分たちの言葉で、お逃げと指示します。私自身も通りに逃げだして、しゃに

65 dragonが「竜」と「竜騎兵」の掛詞になっている。伝説の竜であれば魔力もあろうかという仄《ほの》めかし。
66 「エジプト稼業」については一二五ページの訳注59参照。

むに走りました。だれかが、私を追いかけてくるような気がします。ようやくわれに返ってみると、カルメンが片時もはなれずについてきたのでした。「まったく、とんまなカナリアだよ！」と彼女は言いました、「馬鹿なまねばっかしじゃないか。だから言ったろ、あたしとつきあえばろくなことはないよって。でもさ、その気になりゃなんだって打つ手はあるもんさね、なんせロマのフランドル娘[67]がこうやってついてるんだから。手始めに、このスカーフを頭にかぶるんだよ。革帯はこっちによこしな。この小路で待っておくれ。すぐもどってくるよ」。いったん姿を消した彼女はまもなく、どこで手に入れたものか、縞柄のマントをかかえてきました。私の軍服をぬがせると、シャツのうえにマントを着せかけます。額の傷をしばってもらったスカーフと、この妙な衣裳のおかげで、私はバレンシアの農夫みたいな風体になりました。セビーリャの町によくいる、チューファの飲料[68]を売りにくる連中です。それから彼女は、袋小路のどんづまりにあるドロテア婆さんのとこによく似た家に、私をつれこみました。彼女ともうひとりのボヘミア女が、軍の外科医なんぞよりずっと上手に傷を洗い、包帯をしてくれて、なにやら得体の知れないものを私に飲ませました。ようやく藁布《わらぶ》団《とん》のうえに寝かせてもらうと、私はそのまま眠ってしまいました。

おそらく飲み物には、ああした女たちが秘伝を知っている眠り薬のようなものが入れてあったのでしょう。翌日私は、ずいぶん遅くに目をさましました。ひどく頭痛がして、いくらか熱もありました。前の日に自分がかかわってしまった恐ろしい出来事が記憶によみがえるまでに、しばし時間がかかりました。カルメンと仲間の女は私の包帯をとりかえてから、藁布団のかたわらにならんでうずくまり、チッペ・カリ［ジプシーの固有言語］でなにやら相談していましたが、それは傷の治療法に関することらしく思われました。それから二人は口をそろえて、怪我はじきによくなるだろうけど、ともかく一刻も早くセビーリャから出てゆかなくちゃ、と力をこめて言うのです。

67（原注） Flamenca de Roma はボヘミアの女を指す俗語。ここでの「ロマ」とは、永遠の都ローマのことではなく、ボヘミアンが自分たちを呼ぶときの「ロミ」すなわち結婚した男女の民族という意味である。おそらくは、スペインで人々が見かけた最初のボヘミアンが、ネーデルラントから流れてきた集団であったために、「フランドル」という名がついたものであろう。

68（原注） 植物の地下茎からつくる清涼飲料［一般に「オルチャタ」と呼ばれるもので、カヤツリグサの地下茎、アーモンドなどのペーストに、水と砂糖を加えた白っぽい飲み物］。

なにしろ、ここで私がつかまったら銃殺刑はまちがいありません。「ねえ坊や」とカルメンは言うのでした、「何か働き口を見つけなきゃいけないよ。もう国王さまはお米も干鱈《ひだら》[69]もくれないんだから、自分で食べてゆかなくちゃならないもの。あんたは間抜けだから、しゃれたかっぱらい[70]は無理だろうけどね、だけど身軽で頑丈な男じゃないか。度胸があるんなら、浜のほうにいって密輸をおやり。いずれは首吊りになるよって、以前にもあたし言っただろう？　銃殺になるよか、そのほうがましだろうよ。だいいち、うまいことやれば、殿さまみたいな暮らしができるんだからねえ。もっともそれだって、ミニョン[71]とか沿岸警備隊とかいう奴らに首根っこをつかまれるまでの話だけどさ」

　こんな怪しげな誘いをかけながら、悪魔の娘は私のまえにあたらしい職業生活を描きだしてみせたのでした。じつを言えば、わが身の死刑が確定したような状況では、これが私にのこされた唯一の道でもありました。いや、あなたには正直に申しあげましょう。あの女はさほど手こずることもなく、私に腹を決めさせてしまったのです。冒険と反逆の生活をおくることで、より親密に女とむすばれるような気がしておりました。これであの女の愛をつなぎとめられると信じてしまった。アンダルシアによくいる密輸人たちの話というのを、私もしばしば聞かされていました。立派な馬にまたがって、片手に喇叭銃、鞍のうしろには情婦、という話です。可愛いボヘミア女を馬の尻にのせ、山越え谷越え駆けめぐる自分を早くも夢見るありさまでした。そのことを女に語って聞かせたところ、女は腹をかかえて笑いころげます。そして、露営の夜ほどに美しいものはないと言いました。それぞれのロムが自分のロミをつれて、三本の輪型を張って毛布をかけただけの小さなテントにもぐりこむというのです。

「いったん山に入ったら」と私は言ったものです、「おまえについちゃ安心だ！　そういうところなら、おまえさんに手出しをする中尉もいないから」

「あれまあ！　あんた焼き餅なのかい」と女は応えました、「おあいにくだねえ。どうしてそう馬鹿なんだろう。あんたを好いているのがわからないかね、なにしろ、あんたにはお代を頂戴って言ったこと一度もないだろう？」


69（原注）これらはスペインの兵士の常食である。

70（原注）ustilar à pastesas　巧みに盗むこと、力ずくでなく、ちょろまかすこと。

71（原注）miñon　特別部隊。

こんな言い方をされると、私は女を絞め殺してやりたいという気分になるのでした。

手短かにお話しいたしましょう。カルメンが平服を用意してくれましたので、私はそれを着て、見とがめられずにセビーリャを出発することができました。目的地はヘレスで、アニゼットの商いをやっている者に宛てたパスティアの手紙をたずさえていったのですが、そこは密輸人たちの巣窟でした。男たちに紹介され、ダンカイロ[72]というあだ名の首領が手下にしてくれました。われわれはガウシンにむけて発ち、そこでおちあう約束になっていたカルメンといっしょになることができました。大仕事をやるときは、彼女が仲間たちのために密偵をつとめていたのですが、あんなに有能な者はまたとないでしょう。ちょうどジブラルタルからもどってきたところで、すでにある船主とイギリスからの商品の荷揚げについて話がつけてあり、われわれは浜でうけとればいいというのでした。そこでエステポナの近くにいって荷の到着をまち、一部を山中にかくしたのち、のこりを背負ってロンダにおもむきました。カルメンは先回りしていました。町のなかに入る頃合を指図したのも彼女でした。こうして最初の回とつづく何回かの遠征は、首尾よく事がはこびました。密輸人の生活のほうが兵隊の生活よりも気に入っていました。なにしろカルメンにあれこれ贈り物をすることができる。金もあれば、情婦もいる。後悔の念などついぞおこりません。ボヘミアンのことわざにもあるように、お楽しみ中には皮癬《ひぜん》も痒くない[73]ってわけでしょう。どこにいってもわれわれは歓迎されました。仲間は私によくしてくれて、そればかりか一目おいてくれました。理由は簡単で、私が殺しをやった男だからです。そんな派手な手柄話とはおよそ縁のない連中が、すくなからずいたのです。でもあたらしい生活でとりわけ嬉しかったのは、たびたびカルメンに会えることでした。彼女はかつてないほど情を見せてくれました。でも仲間うちでは、私の情婦であることを知られたくないというのです。ありとあらゆる誓いの言葉を引き合いにだして、自分のことについては連中にしゃべらないという誓いを立てさせたほどでした。なにしろこの女を相手にすると、私はまるで弱腰でしたから、どんな気まぐれでも言いなりです。それにまた、はじめて彼女が堅気の女のように外聞を気にかける様子を見せたものですから、根が単純な私は、昔のあばずれから本当にたちなおってくれたものと信じてしまったの

72　dancaïre とはスペイン語の俗語で、他人の金で他人のために博打をやる人間を指す。
73　（原注）Sarapia sat pesquital ne punzava.

です。

われわれの一団は八人から十人の男からなっていましたが、みながあつまるのは何かを決行するときにかぎられていて、ふだんは二人ずつか三人ずつに分かれて町や村に散っています。それぞれが鋳掛屋《いかけや》とか博労《ばくろう》とか、手に職をもっているようなふりをしているのです。私は小間物屋ということになっていましたが、セビーリャのまずい一件があるので盛り場にはめったに顔を出しません。ある日、というよりむしろ、ある夜、われわれはベヘルの丘の[74]麓《ふもと》に集合する手はずでした。ダンカイロと私が一足さきに到着していました。首領はいやに上機嫌でした。「これで相棒がひとりふえるぞ」と彼は言うのです、「カルメンが例によって巧いことやったんだ。タリファの監獄から自分のロムを脱走させたのさ」。私はすでに、仲間のおおかたが話すボヘミアンの言葉が理解できるようになっていましたから、ロムという言葉にぎょっとしたのです。「なんだって！　亭主だって！　あの女は亭主もちなのか？」と私は首領にたずねました。

「そうさ」と彼は答えました、「片目のガルシアと言ってな、女房におとらぬしたたかなボヘミアンだ。気の毒に、臭い飯を喰う羽目になっちまってな。カルメンはよっぽど巧く監獄の外科医をたらしこんだんだろう。とにかく自分のロムを自由の身にしてやった。いやあ！　まったく値がつけられないほどの女だぜ。あいつは二年もまえから亭主を逃がしてやろうとたくらんでいたんだがね。どうにも事がはこばなかったらしいのさ、監獄の医者がすげかえられるまではな。今度の奴とは、たちまち気が合っちまったらしいや」。この報告を聞いて、私がどんな思いをしたか、お察しいただけましょう。その後まもなく私は、片目のガルシアに会いました。ボヘミアの地が生んだ世にも汚らわしい悪党です。肌も黒いが、腹の中も真っ黒で、こんなふうに根っから凶悪な奴は、私の生涯にも出遭ったことがありません。カルメンは男といっしょにあらわれました。私の目のまえで男をロムと呼んだとき、彼女が私におくったあの目くばせ、ガルシアがそっぽをむいたときに見せたあのしかめっ面、ほんとにお見せしたいくらいでしたよ。私は腸《はらわた》が煮えくりかえって、女には一晩中声もかけませんでした。明け方、われわれは荷をまとめて早々に出立しましたが、そのときふと気がつくと、一ダースほどの騎兵があとを追っかけてくるではありませんか。ふだん

74　ベヘル・デ・ラ・フロンテラ。ジブラルタル海峡を見下ろす小高い丘のうえに町がある。

は皆殺しだとかわめきちらしているアンダルシアのほら吹きどもが、たちまち真っ青になる。まさに蜘蛛の子を散らすというやつです。うろたえなかったのは、ダンカイロ、ガルシア、エシハ生まれでレメンダードという名の綺麗な若者、そしてカルメンだけでした。ほかの連中は騾馬をおきざりにして、騎馬がのりいれることのできない狭い谷に身をかくしてしまいました。われわれも四つ足の動物にかかわってはいられません。大急ぎで積み荷のなかのいちばん上等な品を鞍からおろし、自分たちの肩に背負うと、わざと険しい坂をえらんで岩山づたいに逃げました。まず荷物を下のほうにころがしてから、踵《かかと》ですべりおりて全力でこれを追いかけるのです。その間も敵はわれわれを狙い撃ちします。銃弾が風を切る音を聞いたのは、これがはじめてですが、どうということもありません。女に見られているときには死ぬのも恐くないもんですが、べつに自慢になる話じゃないですよ。われわれはかろうじて無事でしたが、レメンダードだけは気の毒に腰に一発やられてしまいました。私は自分の荷物を投げだして、彼をかついでやろうとしました。「まぬけめ！」とガルシアが叫びました、「くたばった奴になんの用があるんだ、え？　そいつを片づけちまいな。木綿の靴下を放りだしたら承知しないぞ」。――「うっちゃっときな！　うっちゃっときな」とカルメンも叫んでいます。疲労のために私はいっとき彼を岩陰におろしました。ガルシアがやってきて、銃弾を頭にぶちこみました。「こうしておきゃ、よっぽど器用な野郎だって人相がわかるめえ」一ダースほどの弾丸をうけて蜂の巣のようになった顔をながめながら、そう彼はうそぶいたのです。――まあ、こんな具合だったのですよ、私のおくってきたならず者の生活というのは。夕刻になって、私たちはとある藪地にたどりつきました。疲れはて、食うものもなく、騾馬を失ったために無一文でした。そこであの極道のガルシアが何をやりはじめたと思います？　かくしから一組のトランプをひっぱりだすと、焚き火を燃やしながらダンカイロを相手に火影で勝負をはじめたのです。いっぽう私は横になっておりました。星をながめ、レメンダードのことを考え、いっそあいつの身代わりになったほうがよかったと自分に言い聞かせました。カルメンは私のそばにうずくまっていました。ときおり小声で歌いながら、カスタネットをカチカチと鳴らします。それから私に耳打ちするような恰好でにじりよると、ほとんど無理強いに二度も三度も口づけするのです。「おまえは悪魔だ」と私は言いました。「そのとおりさ」と女は応えました。

何時間か休息をとると、彼女はガウシンにむかいました。翌朝、われわれのところに山羊飼いの少年があらわれて、パンをわたしてくれました。昼間はずっとそこにとどまり、夜になってからガウシンに近づいてみました。カルメンからの連絡を待っていたのです。なにごともおきません。夜が明けると、ひとりの騾馬曳きが、きちんとした身なりの日傘をさした婦人と、その小間使いらしい小娘を案内してくるのが目に入りました。ガルシアが言いました。「見ろよ、騾馬が二匹と女が二人、聖ニコラウスさまの贈り物だ。これが騾馬の四匹なら、もっとありがてえんだが、まあいいやな、いただきだ！」彼は喇叭銃を手にすると、藪に身をかくしながら小径のほうへおりてゆきました。ダンカイロと私はすぐうしろについてゆきます。弾のとどく距離まできたところで、われわれは不意におどりでて、騾馬曳きに止まれとどなりました。女はこちらの姿を見ておびえるはずなのに——なにしろ風体だけでも、充分恐ろしいはずでしたから——なんとケラケラ笑いだしたのです。「あーら！　このリリペンディの兄さんたち、あたしのことをエラニだと思っているよ！」[75]カルメンでした。しかもあまりみごとにばけているので、こんな特殊な言葉をつかわなかったら、とうてい見破れないところでした。彼女は騾馬からとびおりて、ダンカイロとガルシア相手にひそひそと話しこんでいました。それから私にむかって言いました、「カナリアの兄さん、きっとまた会えるよ、あんたが首吊りになるまえにはね。あたしはジブラルタルにゆく、例のエジプト稼業でね。じきにあたしからの便りがあるだろうよ」。——とりあえず何日かはひそんでいられそうな場所を彼女におそわってから、私たちは別れました。まったくのところあの女は、一味にとって救いの神でした。ほどなくして彼女からちょっとばかり金がおくられてきましたが、いっしょにとどいた情報にはもっと値打ちがありました。イギリスの富豪が二人、かくかくの日にジブラルタルからグラナダにむけて出発し、しかじかの街道を通る、というのです。これだけで話は了解済み。二人はなんと正真正銘のギニー金貨をもっていました。ガルシアは、殺してしまえと言いましたが、ダンカイロと私は承知しません。うばったのは金と時計だけ、それからシャツもいただきました。必要にせまられていましたからね。

人は知らず知らず悪党になるものです。綺麗な娘のために頭がのぼせてしまう、その娘《こ》のために派手な喧嘩をやる、思わぬ事故がおきて山に逃げこまなければならない、密輸人になったつもりが、よく考えもしないうちに泥棒になっているというわけです。

75 （原注）「この間抜けなお兄さんたち、あたしのことを堅気の女だと思っているよ！」

イギリス人の一件をやってからは、ジブラルタル近辺をうろついてはまずいだろうと判断し、ロンダの山の奥深くに潜んでいました。――いつか、ホセ＝マリアのことを話しておいででしたね。じつは、ちょうどそのころです、あの男と知り合いになったのは。あいつは仕事に出かけるときは情婦をつれてあるくのです。なかなか綺麗で、おとなしくて、控え目で、行儀もいい娘でしたよ。下品なことを口走ったりしないし、なにせ男によくつくすんですよ！……ところが男のほうはひどい奴でしてねえ。たえず女の尻を追いかけてるし、自分の情婦にはあたりちらす、ときには焼き餅までやいてみせる始末です。一度など、ナイフで切りつけたんですよ。そうしたら、女のほうはなおのこと惚れこんじまった。女ってそんなふうにできてるんでしょうかね、とくにアンダルシアの女はそうだ。その女は腕にできた傷跡を自慢にしておりましてね、まるで世にも立派なものみたいに、それを人さまに見せていましたよ。それにあのホセ＝マリアって野郎は、相棒としても最低の男でした！……いっしょにやった仕事もあるんですが、あいつのやり口ときたら、儲けは全部自分のもの、仕事の苦労と面倒はそちらさんにってな具合です。でも、私自身の話にもどりましょう。カルメンの便りはふっつり途切れておりました。ダンカイロが言うには「おれたちのだれかひとりジブラルタルに行って、様子をさぐらなければなるまい。あの女、何かでかいことを考えているにちがいない。このおれが行きたいところだが、ジブラルタルでは顔が割れているからな」。片目いわく「おれも、知られすぎてるさ。ザリガニ野郎[76]を相手にさんざん悪ふざけをやったからな！　それに片目だから、ばけるのも容易じゃない」――「じゃあおれに行けってことか？」私はカルメンに会えると思っただけでうきうきして言いました。「で、どうやればいいんだ？」すると二人はこう言います、「船にのるかサン＝ロケをまわるか、どっちでも好きなほうにしな。ジブラルタルについたら波止場でロリョーナって名のチョコレート売りの婆さんはどこに住んでるかきいてみるのさ。その婆さんのいどころをつきとめりゃ、町でおきていることは全部わかる」。相談はつぎのように決まりました。われわれは三人そろってガウシンの山にむかい、そこで私は二人の仲間と別れ、果物売りにばけてジブラルタルに入りこむ。ロンダではわれわれと通じている男が、旅券をわたしてくれました。ガウシンでは驢馬を一匹あたえられました。驢馬の背にオレンジやメロンを積んで、私は出発しまし

76　スペインの民衆がイギリス人を呼ぶときの綽名《あだな》で、軍服が赤い色であることに由来する。

た。ジブラルタルに着いてみると、たしかにみんながロリョーナ婆さんを知っているということがわかりました。ただし婆さんは死んでしまったものか、あるいはfinibus terræ[77]にでも吹きとばされたものらしく、私の考えでは、カルメンの連絡がとだえてしまったのも、どうやらそのせいらしく思われます。私は驢馬を厩に入れ、オレンジをかついで町のなかを歩いてみました。オレンジ売りのような顔をしていましたが、じっさいは、ひょっとして知った顔に出遭うかもしれないと期待したのです。あの町には世界中のごろつきがあつまっていて、まるでバベルの塔のようなところです。通りを十歩あるけば十の国の言葉が耳に入ってくる。エジプト稼業をやっている男たちも見かけましたが、どいつもあまり信用できそうにありません。こちらもさぐりを入れる、連中もこちらをさぐるといったあんばいです。おたがいならず者であることは勘でわかるのですが、問題はおなじ筋の者かどうかです。二日間もむなしく街をうろついて、ロリョーナ婆さんのことも、カルメンのことも、まるっきりわからないままでした。ちょっと買い物をしてから相棒たちのところにもどるつもりになって、夕暮れ時に街を歩いておりますと、窓辺から女の声が聞こえて、こう呼びかけているのです。「オレンジ売りの兄さん!……」ふりあおぐと、露台にカルメンがもたれ、ひとりの士官がよりそっています。赤い軍服、金の肩章、巻き毛の男で、でっぷりしたイギリス貴族という風情《ふぜい》です。女のほうも目をみはるように着飾っていました。肩にはショールをかけ、金の櫛をさし、全身が絹ずくめ。それでいてあの女ときたら、ちっとも変わりゃしない！　腹をよじって笑いこけているのですよ。イギリス人は片言《かた》《こと》のスペイン語で、マダムがオレンジを召し上がるから階上《うえ》にあがってこい、と言いました。カルメンはバスク語でこう言います、「あがっておいで。何を見てもおどろくんじゃないよ」。じっさい、あの女のやることにいちいちおどろいていたのでは、たまったものではありません。自分でもわからないのですよ、再会した嬉しさが、むしゃくしゃした気分にまさっていたものかどうか。玄関には、鬘《かつら》に髪粉をふりかけたイギリス人の堂々たる従僕が立っており、豪華な客間に案内されました。カルメンはただちにバスク語で言いました、「いいかい、あんたはスペイン語は一言もわから

77（原注）監獄に入ってしまったか、たんに姿を消してしまったか〔原文はラテン語で「地の果て」を意味する。ドン・ホセは宗門に入る予定であったのだから、ラテン語の片言隻句を口にしてもおかしくはない〕。

ない、あたしのことも知らないんだからね」。それからイギリス人のほうにむきなおって「だから、言ったでしょう。バスクの男だって、すぐわかったのよ。聞いてごらんなさい、ほんとに可笑《おか》しな言葉だから。この男、すっごく間抜けな顔してるじゃない、ほら？　まるで猫よけの戸棚のなかでとっつかまった泥棒猫みたい」。――「それで」と私は自分の故郷《くに》の言葉で言い返しました、「おまえは札付きのあばずれみたいな顔をしているぜ。おまえの情夫《いろ》のまえで、顔に切り傷をつけてやりたいよ」。――「あたしの情夫だって！」と彼女は言いました、「つまり、今度は人に言われなくてもわかったんだね？　それでおまえさんは、この大馬鹿野郎に焼き餅をやこうってのの？　カンディレホ街で会ってたころより、もっと抜け作になっちまったみたいだね。わからないかね、まったくとんまだねえ、あたしゃこうやってエジプト稼業に精を出しているのさ、それもじつに立派なやり口なんだから。なんせ、この家はあたしのもの、ザリガニ野郎のギニー金貨も、いずれあたしのもの。あいつはあたしのいいなりさ、いずれ、二度ともどってこられないところにつれてってやろうと思ってね」

「それじゃあおれは」と私は言いました、「おまえがこんなやり口でエジプト稼業をやる気なら、思い知らせて、二度とおっぱじめられないようにしてやるぞ」

「おや、それは結構だねえ！ いったいあんたは、あたしのロムなのかい？ そんなにご大層な口きいて。片目がいいって言ってるんだ、おまえさんには関係ないだろう？ あたしのミンチョルロ[78]なんだと自分に言えるたったひとりの男じゃないか、それで満足したらどうなんだい？」

「この男は、何を言っているのですか？」イギリス人が訊きました。

「喉が渇いた、いっぱいひっかけたいところだって言っているわ」とカルメンは答えます。そして自分の通訳に大笑いしながら、長椅子のうえにころがってしまいました。いや、この娘がいったん笑いこけると、もう道理もへったくれもありません。ほかのだれかれまで、いっしょに笑ってしまうのです。イギリスの大男も、根が馬鹿ですから、つられて馬鹿笑いをはじめました。そして私のところに酒をもってくるように命じたのです。

　私が飲んでいると「こいつが指にはめている指輪見たかい？」とカルメンが言いま

---

78 （原注）情夫、あるいはむしろ浮気の相手。

した、「欲しかったら、あんたにくれてやるよ」

私はこう応えました、「おれは指一本くれてやるぜ。おまえのイギリス野郎を山につれこんで、マキーラの勝負がやれるもんならね」

「マキーラ、それはどういう意味ですか？」とイギリス人が訊きました。

「マキーラってのはね」とカルメンがあいかわらず笑いながら答えます、「オレンジなのよ。ほんとに可笑しな名前のオレンジでしょ？　この男が、あんたにマキーラを食べさせたいと言っているの」

「そう？」とイギリス人が言います、「それでは、明日また、マキーラをもってきなさい」。こんな話をしておりますと、従僕が入ってきて、お食事の支度ができましたと告げる。するとイギリス人は立ちあがり、私にピアストル銀貨をわたしてから、カルメンに腕をさしだしました。あいつがひとりじゃ歩けないとでも思っているんですかね。カルメンは笑いっぱなしで、私にこう言いました、「ねえ坊や、お食事に招待するわけにはゆかないわ。でもね、あした、観兵式の太鼓が鳴ったらすぐに、オレンジをもってくるんだよ。カンディレホ街の部屋よりちょっとばかし立派な家具の入った寝室を見せてあげよう。あたしが今でもあんたのカルメンシータかどうか、わかるだろうよ。それにエジプト稼業のことも相談しなきゃいけないもの」。私は一言も応えませんでした。往来に出た私にむかって、イギリス人が呼びかけました、「明日、マキーラをもってきなさい！」カルメンのけたたましい笑い声が聞こえていました。いったいどうするつもりなのか、自分でもわからずに私は外に出ていました。夜はまんじりともしませんでした。朝になると、あの浮気女に対する怒りがむらむらとこみあげて、もう顔も見ないでジブラルタルを発ってしまおうと決意したのでした。ところが太鼓のひびきが耳にとどいたとたん、私は腑抜けのようになってしまいました。オレンジの籠をかつぐと、カルメンのところへ駆けつけたのです。鎧戸が半開きになっており、私を待ちうける女の黒い大きな目が、こちらをうかがっているのが見えました。髪粉の従僕がすぐなかに入れてくれました。カルメンはその男を使いに出しました。そして私たち二人きりになると、例の不実な女のころげるような笑い声をあげ、私の首ったたまにかじりついたのです。あの女があんなに綺麗だったことはありません。聖母さまのように飾りたて、香水をふりかけています……家具は絹張り、カーテンには刺繍がしてあります……ああ！……それなのにこの私ときたら、泥棒の風体で、またじっさいにそうなのです。「ミンチョルロ！」とカルメンは言いました、「ここにあるもの全部をぶち割って、家に火をかけて、山のなかに逃げちまいたいよ」。なんて優しい愛撫だったでしょう！……それから笑いこけて！……そして踊りくるって、ドレスの飾りをひき裂いて。猿だってやらんでしょう、あんなに羽目をはずして、しかめっ面して、はしゃぎまわるなんて。ようやく真顔に返ると、「ねえ聞いておくれ」と彼女は切りだしました、「エジプト稼業のことさ。あいつにロンダまでつれてってもらうつもりなんだよ、尼さんになったあたしの姉さんが、そこにいるんでね……（ここでまたもや大笑いです）。あたしたちが通る場所はね、いずれ知らせるよ。あんたたちが襲いかかる。身ぐるみ剝いじまっておくれ！　ひと思いに殺《や》っまったほうがいいんだけど、でもねえ」と言葉をつづけながら、あの女はここで、時おり見せる悪魔のような薄笑いをうかべました。あの薄笑いだけは、つられて笑えるようなもんじゃありません。「どうやったらいいかわかるかい？　片目がまっさきに姿をあらわすようにしとくれよ。あんたたち二人は、うしろのほうにはなれてるんだよ。あのザリガニ野郎は度胸もあるし、すばしっこい。上等なピストルをもっているんだからね……わかるだろう？……」彼女は言葉をとぎらせ、またしても笑いころげましたが、この笑いに私は身の毛がよだちました。

「いやだ」と私は言いました、「おれはガルシアは大嫌いだ。でもおれの相棒だぜ。いずれおまえのためにあいつを厄介ばらいすることになるかもしれんが、そのときは故郷《くに》のやりかたで堂々と決着をつける。おれがエジプト稼業なんぞに手をだしてるのは、たまたまそうなっちまったからだ。場合によってはおれだって、世間さまの言う生一本なナバラ男[79]として通させてもらうぜ」

彼女は言い返しました、「おまえさんは馬鹿だよ、間抜けだよ、しんからのパイリョだねえ。チビが遠くに唾を飛ばすと大きくなれたつもりって言うだろ、あれみたいだよ。あたしのことが可愛くないんだったら、出ていっとくれ[80]」

あの女に「出ていっとくれ」と言われると、私は出てゆけなくなるのです。言われたとおりここを出発して、相棒たちのところにもどり、イギリス人を待ち伏せすると私は約束しました。いっぽう女のほうも、ジブラルタルからロンダにむけて発つまで

79（原注） Navarro fino.

80（原注） Or esorjié de or narsichislé, sin chismar lachinguel.「侏儒《しゅじゅ》の約束は、遠くに唾を飛ばすこと」（ジプシーのことわざ）。

は、仮病をつかって寝こむからと約束しました。私はさらに二日間ジブラルタルにとどまりました。彼女は大胆にも変装して安宿に私をたずねてきました。私は出発しましたが、こちらにもひとつの計略があったのです。イギリス人とカルメンが通る場所と時刻をおぼえこんで、私はしめしあわせた場所にもどりました。ダンカイロとガルシアが待っていました。その夜は森のなかで、景気よく燃える松ぼっくりの焚き火をかこんですごしました。私はガルシアにトランプをやろうともちかけました。彼は承知しました。二度目の勝負のとき、私は彼がインチキをしたと難癖をつけました。あいつは笑いだしました。私はカードをあいつの顔に投げつけてやりました。あいつは喇叭銃に手をかけようとしました。私はすかさず銃をふみつけて、こう言いました。「貴様はマラガのいっぱしのこわもてみたいにナイフをつかうそうじゃないか。どうだ、おれとひと勝負してみないか?」ダンカイロが割って入ろうとしました。すでに私は、ガルシアに二つ、三つ拳固をくらわせていました。怒り狂った彼は、向こう見ずになっていました。彼はナイフをぬき、私も自分のナイフをぬきました。邪魔立てしないで、男らしく闘わせてくれ、と二人は口をそろえてダンカイロに言いました。止めても無駄とさとった彼は、身をひきました。さっそくガルシアは、鼠にとびかかる寸前の猫のような具合に、腰をおとして身体を二つに折りまげます。左手に帽子をにぎっているのは、攻撃をかわすためで、ナイフは前方に突き出しています。これがアンダルシアの構えなのです。私はナバラ流の構え、つまり敵の正面にまっすぐに立ち、左の腕をあげて左足を前に踏みだし、ナイフは右の太腿にぴたりとつけるという姿勢です。巨人よりもっと強くなったような気がしました。あいつは矢のようにとびかかってきました。私が左足を軸にして体《たい》をかわしたので、やつの攻撃は宙にうき、逆に私は相手の喉元を刺していました。ナイフはふかぶかと突き刺さり、私のにぎりこぶしが顎のしたにはまりこむほどでした。力をこめてぐいとひねると、刀身がぽきりと折れました。勝負はおわっていました。傷口から腕の太さもあろうかと思うほどの血潮がどっと吹きだして、折れた刃が押されて飛びだしてきました。あいつは棒杭のように硬直してうつ伏せに倒れました。「なんてことをやってくれたんだ？」ダンカイロが言いました。——「聞いてくれ」と私が答えます、「いっしょに生きちゃいられない理由《わけ》があったんだ。おれはカルメンに惚れている。女のそばにひとりでいたいのさ。それにガルシアは悪党だったぜ。気の毒なレメンダードにあの野郎のやったことが忘れられないんだ。おれたちは二人きりになってしまったが、どっちも気のいい人間じゃないか。どうだ、生き死にをかけた相棒になってくれないか?」ダンカイロは、私に握手の手をさしだしました。五十がらみの男です。「惚れた腫《は》れたって話はごめんだぜ!」彼は声高に言いました、「いっそカルメンがほしいって、あいつにはっきり言ってやれば、ピアストル銀貨一枚で売ってくれたかもしれんのに。二人きりになっちまった。あすはどうするつもりかね?」――「おれにまかせてくれ」と私は答えました、「こうなったら世界中でも笑って相手にしてやるさ」

われわれはガルシアの死体を土にうめてから、二百歩ほどはなれたところに根城をうつしました。翌日、カルメンと例のイギリス人、それに騾馬曳きが二人と従僕一人の一行がとおりかかりました。「イギリス人はおれがひきうけた。ほかの連中をおどしてくれ。やつらは武器はもっていない」イギリス人は肝っ玉のすわった男でした。カルメンがあいつの腕をぐいと突かなかったら、あいつが私を殺しているところでした。手短かにいえば、この日ふたたび私はカルメンを自分のものにしたのです。最初に女に言ってやったのは、後家さんになったという報告です。何がおきたのかを知らされた彼女は「まったくあんたは、いつになってもリリペンディ「間抜け」なんだから!」と言いました、「ガルシアがあんたを殺《や》っちまうところだったんだよ。あんたのいうナバラの構えなんぞ、お笑い種《ぐさ》だよ。おまえよりよっぽどすばしっこい男たちを、何人も地獄におくった奴なんだけどねえ。あいつも年貢の納め時だったんだろうよ。つぎはあんたの番だろうさ」。――「おまえの番かもしれないぜ」と私は応えました、「おまえが本気でおれのロミにならないときにゃ」。――「おや、そりゃ結構なお話だねえ」と彼女は言いました、「何度もコーヒーの出し殻で占ってみたんだけど、あたしたち、死ぬときはいっしょらしいよ。ふん！　なるようになるさ」。女はカスタネットをカチカチと鳴らしました。なにか不吉な思いをふりはらおうとするときの癖なのです。

こんなふうに自分のことをしゃべっておりますと、時のたつのを忘れてしまうもののようです。こまごまとした話は、きっとお退屈でしょう。でもじきにおしまいです。私たちがおくっていた生活は、かなり長いことつづきました。ダンカイロと私は、はじめのときよりも信用のおける仲間を何人かこさえまして、密輸をやっておりました。正直に言えば、ときには街道筋の追い剝ぎもやりましたが、それはよほどのことで、にっちもさっちもゆかなくなったときだけです。それに旅人に手荒なまねをするようなことはなくて、金をいただけばそれまででした。何ヵ月かのあいだは、私はカルメンに満足していました。これまでどおり、ものになりそうな話があると連絡をよこし、われわれの仕事に役立っていたのです。ふだんはマラガとか、コルドバとか、グラナダとかにとどまっているのですが、私が一言声をかけるとすべてを放りだし、どんな人里はなれた安宿《ベンタ》でも、それこそ露営のテントでも駆けつけてくれました。たった一度だけ、あれはマラガのことでしたが、いやな思いをさせられたことがあります。あの女が大金持の商人に目をつけたという話がつたわりました。またもやジブラルタルの馬鹿ふざけをおっぱじめるつもりなのでしょう。ダンカイロが必死におしとどめようとしましたが、私は出発し、真っ昼間にマラガの町に入りこみました。カルメンをさがしだして、じきにつれ帰ることができました。私たちははげしく言い争いました。「ねえあんた」と彼女は言いました、「あんたが正真正銘のロムになってから、ミンチョルロだったころより、好きでなくなったよ。あたしはつべこべ言われるのはきらいでね。指図されるのは、なおいやだ。あたしゃ、自由でいたい、好きなようにやりたいんだ。あたしの堪忍袋の緒がちょんぎれないように、注意しとくれよ。あんまりうんざりさせるようなら、だれか気っ風のいい兄さんを見つけてやる、そんであんたが片目にやったような具合にしてもらうからね」。ダンカイロが二人を仲直りさせてくれました。でも私たちは、胸につかえてのこるようなことをおたがいに言い合ってしまった。もう以前の二人ではありませんでした。その後しばらくして、われわれは災難にみまわれました。兵隊に急襲されたのです。ダンカイロが殺されました。仲間の二人もやられ、ほかの二人はつかまりました。私はふかい傷を負い、もしあの馬がいなかったら、兵隊たちの手におちるところでした。疲労のために息もたえだえになり、身体には弾をぶちこまれたままという状態で、私は一人だけのこった仲間とともに森のなかに身をひそめました。馬からおりたとたんに気が遠くなり、鉄砲玉を喰らった野兎みたいに藪のなかでお陀仏かなどと一瞬考えたものでした。仲間はかねて知っている洞穴に私をかつぎこみ、カルメンをさがしにゆきました。彼女はグラナダにいましたが、即座に駆けつけてくれました。半月のあいだ、彼女は片時も私のそばをはなれませんでした。一睡もせず、女が心底惚れた男につくすといっても、これだけのことはできるまいと思われるほどの手際と心遣いで世話をしてくれました。私がようやく立ちあがれるようになると、彼女は人目につかぬよう細心の注意をはらって私をグラナダにつれてゆきました。ボヘミア女というのは、いたるところに安全な隠れ家をもっているものです。こうしてお尋ね者の私をさがしているはずの代官さまと目と鼻の先に住みながら、私は六週間以上をすごしたのです。鎧戸のかげから、当の代官が行き来するのをながめたのも、一度や二度ではありません。ついに私は元気になりました。でも苦しみながら床についていたときに、私はあれこれと思いをめぐらせ、生活を変えようと計画していたのでした。私はカルメンにスペインの土地をあとにして、新世界で堅気の暮らしをしようじゃないかともちかけました。あの女は鼻先でせせら笑いました。「あたしらがキャベツを植えるようにできた人間かね」と女は言うのです、「こちとらに似合った運命はね、パイリョから剝ぎとって生きてゆくことさ。そうそう、ちょうどジブラルタルのナタン・ベン゠ヨセフと話をつけたとこなんだよ。木綿の商品がとおることになっていて、あんたのお出ましを待っているって寸法なのさ。おまえさんが生きてることを、あの男は知っている。当てにしてるんだよ。おまえさんが約束をすっぽかしたりしたら、ジブラルタルにいる口利き屋たちがなんて言うだろう?」私は言いなりにずるずると話にまきこまれ、またしても極道商売に手を染めることになりました。

私がグラナダにひそんでいたころ、町で闘牛の催しがあり、カルメンも出かけてゆきました。帰ってくると、彼女はひどく熱心にルーカスという名のたいそう腕のいいピカドール[81]の噂をしていました。彼が乗る馬の名前から、刺繍のベストにはらった金額まで知っていました。私はたいして気にもしませんでした。ところが何日かたって、ひとりだけのこった相棒のファニートが、サカティン通りの店でカルメンとルーカスがいっしょにいるのを見かけたというのです。不安が頭をもたげました。私はカルメンに、どうやって、そしてなんのために、あのピカドールと知り合いになったのかとたずねました。「なかなかの男なんだよ」と彼女は言いました、「ものになるかもしれないよ。音のする小川には、水か小石がある[82]っていうじゃないか。闘牛で千二百レアルもかせいでるんだ。二つに一つの話だけどね、その金をいただいちまうか、さもなけりゃ、あいつは馬が上手だし度胸もあるから、いっそあたしたちの仲間に入れてやってもいいと思うのよ。あれやこれやと死んじまった者もいるわけだし、あんたも代わりがほしいだろう。相棒にしてやっておくれ」

81　馬に乗り、槍で牛を刺す役目の闘牛士。
82　(原注) Len sos sonsi abela Pani o reblendani terela. (ジプシーのことわざ)。

「いやなこった」と私は答えました、「そいつの金も身体《からだ》も要らんからな。今後そいつと口をきいたら承知しないぞ」。――「おまえさん、気をつけたほうがいいよ」と彼女は言いました、「あたしに面とむかって何かをやるなっていうと、たちまちやっちゃう性質《たち》なんだからね！」さいわい、ピカドールはマラガにむけて発ってしまいました。私は例のユダヤ人がもちかけた木綿を手に入れる計画にかかりきりになりました。この大仕事のために、私はいろいろと厄介なことをやらねばなりませんでしたが、カルメンも同様です。私はルーカスのことを忘れ、おそらくは彼女もまた、すくなくとも当面は彼のことを忘れていたようです。ちょうどこの時分のことですよ、まずモンティーリャの近くで、それからコルドバで、私があなたに遭ったのは。コルドバでお目にかかったときのことはお話しするまでもないでしょう。たぶんあなたのほうが、私より事情をご存じにちがいない。カルメンはあなたの時計を盗みました。じつはあなたのお金と、それから今あなたが指にはめていらっしゃる指輪まで、欲しがっていたのですよ。なんでもそれは魔法の指輪で、どうしても自分に必要なものなのだと言っておりました。私たちは大喧嘩をして、私は女をなぐりました。女は真っ青になって泣きだしました。あれが涙を流すのを見るのは、はじめてのことだった。すごいショックでした。私は彼女にあやまりました。でも彼女はまる一日ふくれっ面をして、私がモンティーリャにむけて発つときにも、口づけさえしてくれませんでした。——私はすっかり気が滅入っていましたが、三日後に、かわらひわのように陽気で晴れ晴れした顔の彼女が姿をあらわしたのです。私たちはすべてを水に流しました。まるでほやほやの恋人どうしのようでした。別れぎわに彼女は言いました、「コルドバでお祭りがあるから、あたし見にゆくつもりなの。それでお金をもって町から出てゆく奴らがいたら、あんたに知らせるからね」。私はそのまま女を発たせてやりました。ひとりになると、そのお祭りのこと、カルメンが急に機嫌をなおしたことが、ひどく気になってきました。「とっくに仕返しはすんでいるのだろう」と私は考えました、「あっちからすすんで仲直りにきたのだから」。たまたまひとりの百姓が、コルドバで闘牛があると教えてくれました。さあ、私は血が煮えくりかえって、まるで狂ったように飛びだし、闘牛の広場に駆けつけます。どの男がルーカスかは、人に訊いてわかりました。柵に面した最前列のベンチに、カルメンの姿が見えました。女の様子を一瞬見ただけで事は明瞭でした。最初の牡牛があらわれたときからルーカスは、こちらの予想どおり、きざったらしいことをやりました。牡牛の肩の色リボン[83]を引きぬいて、カルメンにささげたのです。女は即座にリボンを髪にかざりました。でも牡牛が私にかわって仇をうってくれたんですよ。ルーカスが仰向きに倒れて馬の下敷きになり、人と馬のうえに牛がのしかかりました。カルメンのほうを見ますと、すでにもう、姿は消えていました。私は自分のいるところからうごくことができず、やむなく試合がおわるのを待ちました。それから、あなたもご存じの例の家にゆき、夕方から夜の更けるまで、ただじっとしておりました。午前二時ごろに、カルメンがもどってきましたが、私を見てさすがにちょっと驚いたようでした。「おれといっしょに来い」と私は言いました。「ああいいよ！　いこうじゃないの！」と彼女が言いました。私は馬をひいてきて、女を鞍のうしろにのせ、一言も口をきかずに夜を徹してあゆみつづけました。夜明けに、人里はなれた安宿《ベンタ》に着きましたが、その近くには小さな修道院があるのです。宿で私はカルメンに言いました。

「聞いてくれ、おれは全部忘れてやる。今度のことは何もいわない。ただひとつだけ誓ってほしいんだ。おれについてアメリカにわたる、そこでおとなしく暮らすってな」

「いやだね」と彼女はふてくされて言いました、「アメリカなんぞにいきたくないよ。

ここが気に入っているんだ」

「ルーカスのそばにいたいからか。だがよく考えてみろ、あの野郎は、もし元気になったとしても、どうせ長くは生きないぜ。けどなあ、なんでこのおれが、あいつと決着をつけなければならないんだ。おまえの情夫《いろ》を片端からばらすのにも疲れたよ。いっそおまえを殺してやろうか」

女は猛々しい目つきで私を見つめ、こう言いました。

「ずっとまえから思っていたよ。あんたはあたしを殺すだろうって。はじめてあんたに遭ったときだってね、ちょうど家を出がけに坊さんにでくわしちゃったあとだったんだよ。そいで今夜もさ、コルドバを出たとき、あんた気がつかなかったかい？　野兎が道をよこぎって、おまえさんの馬の脚のあいだをとおったのさ。占いに出てるんだよ」

83（原注）la divisa　リボンをむすんだもので、その色から牡牛を育てた飼育場がわかる。リボンは牡牛の皮に鉤でとめてあり、まだ元気な牛からこれを引きはがし、ご婦人にささげるのは、この上なく慇懃な仕草とみなされた。

「カルメンシータ」と私はたずねました、「もう、おれに惚れていないってのか?」
女はなんとも答えません。筵《むしろ》のうえにぺたりと坐って、地面に指で何本も筋を引いています。

「いっしょに生活をかえてくれ、カルメン」と私は哀願の口調で言いました、「どこかぜったいに邪魔の入らない土地に行って暮らそうよ。知っているだろ、ここからそう遠くないところの樫の根元に百二十枚のオンス金貨[84]がうめてある……それにユダヤ人のベン＝ヨセフのところにも、分け前の金があるじゃないか」

カルメンはふっとうすら笑いをうかべて言いました。

「まずはあたし、それからあんたの番だよ。よっくわかってるのさ、いずれそうなるってことが」

「よく考えろよ」と私はなおも言いました、「おれはもう精も根もつきはてた。腹をくくってくれ。さもないとこのおれが腹をくくることになる」。私は女をその場にのこし、ぶらぶらと修道院のほうにむかいました。隠修士はちょうど祈禱をささげているところでした。祈りがおわるまで、私は待ちました。私も祈りたいと思ったのですが、できませんでした。隠修士が立ちあがったので、私は近づいて話しかけました。

「司祭さま、大きな危険のなかにある者のためにご祈禱をささげていただけましょうか？」

「すべての苦しみ悩む者のために、私はお祈りいたします」と彼は言いました。

「もしかしたら創り主さまの御前《みまえ》に召されるかもしれない魂のために、おミサをあげていただけるでしょうか？」

「承知いたしました」と彼はじっと私を見つめながら答えました。たぶん私の様子がどこかおかしかったのでしょう、しきりに話をつづけさせようとするのです。

「どこかでお目にかかったような気がしますが」と彼は言います。

彼の坐っていたベンチに、私はピアストル銀貨を一枚おきました。「おミサはいつあげてくださいますか？」

「半時もたてばできましょう。あちらの宿の息子が手伝いにきてくれますのでな。どうじゃ、お若い方、何か心に悩みをおもちなのではないか？　神を信ずる者の忠告を聞いてみる気にはなられぬか？」

84　オンス金貨は昔のスペインの貨幣で、フランスのルイ金貨四枚以上の価値がある。

今にも涙がこぼれそうになりました。私は、すぐにもどってきますと言って、逃げだしました。そして草むらに寝ころんで、鐘が鳴るまで待ちました。それからまた近づいてはみたのですが、お堂のなかには入らず、外にひかえておりました。ミサがおわりましたので、安宿にもどりました。いっそカルメンが姿を消していればよいのにと半ば期待していたのです。私の馬をうばって、さっさと逃げることができるはずなのです……が、女はそこにいました。私が恐くなったのだと人に言われるのがいやだったのでしょう。私が留守にしているあいだに、彼女はスカートのフリルをほどいて、鉛の小さな棒をとりだしていました。今しも女はテーブルのまえで、水をなみなみとはった素焼きの鉢に溶かした鉛をそそぎこみ、食い入るように見つめているところでした。この魔術にすっかり気をうばわれて、私が帰ってきたのもはじめは気がつかぬふうでした。ときには鉛のかたまりをとりだして、陰気な顔でひっくり返しながら、しげしげとながめたりします。そうかと思うと魔法の歌らしきものを口ずさんだりもします。それはマリア・パディーリャの霊に呼びかける歌で、ドン・ペドロの側《そば》女《め》であったこのマリアこそ、バリ・クラリッサ、すなわちボヘミアの民を治める偉大な女王であったと伝えられているのです。[85]

「カルメン」と私は呼びかけました、「いっしょに来てもらえるだろうか？」

女は立ちあがり、小鉢をすて、出かける用意はできているとでもいうように、マンティーリャを頭にかぶりました。宿の者が馬をひいてきました。女が鞍のうしろにのり、私たち二人はそこから遠ざかりました。

「いいんだね、私のカルメン」、しばし道をすすんだところで、私はこう語りかけました、「私についてきてくれるんだろう？」

「ついてゆくよ、死出の旅路にならね、いいともさ、でも、もういっしょに生きてゆくのはいやなんだ」

寂しい谷間にさしかかっておりました。私は馬をとめました。「ここなの？」女はそう言って、ひらりと地面におりました。そしてマンティーリャをぬいで足下に投げつけ、片方のこぶしを腰にあてると、そのまま身じろぎもせず、私をまじまじと見つ

85（原注）マリア・パディーリャは、ドン・ペドロ王に魔法をかけたといわれている。民間伝承によれば、彼女はブルボン家の王妃ブランシュに金の帯を贈り物としてささげた。ところが魔術にまどわされた王の目には、これが生きた蛇のように映った。王が気の毒なお后を忌み嫌われたのは、そのためであるという。

めるのです。

「あたしを殺そうと思っているね。見ればわかるのさ」と女は言いました、「占いに出ているんだもの。でも、あたしゃおまえさんの言いなりにはならない」

「お願いだ」と私は言いました、「理屈をわかっておくれ。おれの話を聞いてくれ！　おきてしまったことは全部水に流す。だけどなあ、わかっているだろ、おれの一生を台なしにしたのはおまえなんだ。おまえのために、おれは泥棒になり、人殺しもやった。カルメン！　私のカルメン！　あんたの命を助けさせてくれ、あんたといっしょに私の身も救えるようにしておくれ」

「ホセ」と彼女は答えました、「おまえさんの話はできない相談ってものなんだよ。あたしゃもう、あんたに惚れてはいないんだ。で、あんたのほうは、あいかわらずあたしに惚れている。だからあたしを殺そうとしているんだろう。もうちっと嘘をつきとおしてみてもいいけどさ。でもねえ、わざわざそんなことをやるのも疲れちまったよ。あたしたちの仲はすっかりおわったんだ。おまえさんはあたしのロムなんだから、おまえさんのロミを殺したらいいんだよ。でも、カルメンはいつだって自由なのさ。カーリ［ジプシーの女］と呼ばれる女に生まれたんだ、カーリのままで死なせてもらいます」

「じゃ、おまえはルーカスに惚れているのか？」私はたずねました。

「そうさね、あいつに惚れたよ、あんたに惚れたみたいにね、ほんのしばらくさ、それもたぶん、あんたのときほどじゃない。今じゃあ、なんにも好きでなくなったよ。おまえさんに惚れた自分も、つくづくいやになった」

私は女の足下にひざまずきました。女の両の手をとって、自分の涙でぬらしました。ともにすごした幸福なときを、ひとつひとつ思い出させようとしてみました。それで気に入るんなら、このまま盗賊でいたっていいとまで言いました。なんでもやる、そう、なんでもやる！　この私を好いてさえくれるのならば！　そうまで言ったのです。

女は言いました、「好いておくれったって、それはできないよ。いっしょに暮らしてくれったって、それはいやなんだよ」。凶暴な怒りが私をとらえました。私はナイフをぬきました。女がおびえて、赦しをもとめてくれればよいのにと思いました。だがあの女は悪魔でした。

「最後にもう一度きくぞ」と私は叫びました、「おれとやってゆく気はないか？」

「いやだ！　いやだ！　いやだ！」地団駄をふみながら女は言いました。それから、昔私がやった指輪をぬきとって、藪に投げこみました。

二度、あの女を刺しました。片目の持ち物のナイフでした。自分のナイフが折れたときに、奴からとりあげたのでした。二突き目に、女は叫びもせずに、くずおれました。今でも目にうかびます。私をじっと見つめていたあの黒い目。それからあの目は生気を失って、閉ざされてしまいました。亡骸《なきがら》をまえにして、私はたっぷり一時間も、ただぼんやりと突っ立っておりました。それからカルメンが、死んだら森のなかに埋めてほしいといつも言っていたのを思いだしました。ナイフをつかって穴を掘り、女を横たえました。さんざん時間をかけて指輪をさがし、とうとう見つけだしました。小さな十字架に指輪をそえて、穴のなか、女のかたわらにおさめました。余計なことだったかもしれません。そのあと、私は馬にのり、コルドバまで一気に駆けつけて、目についた衛兵詰所に名乗ってでたのです。カルメンを殺したと告げましたが、亡骸のあるところは言いませんでした。あの隠修士は立派なお方でした。女のために祈ってくれたのです！　女の魂のためにミサまであげてくれたのです……可哀想に！　罪があるのはカーレ［ジプシーの男女］の連中です。あんなふうに、女を育ててしまったのですから。

Ⅳ[86]

ボヘミアン、ヒターノ、ジプシー、ツィゴイネルなどという名で知られ、ヨーロッパ全土に散らばっているあの流浪の民が、今日なおもっとも多くいる国のひとつはスペインである。彼らの大部分は、南から東にかけての地方、アンダルシア、エストレマドゥーラ、ムルシア王国のあたりに住んでいる、というよりむしろ、そのあたりで放浪の生活を送っている。カタルーニャにもすくなからずいる。ここの連中は、しばしばフランス国内に入りこむ。南仏地方で縁日があれば、かならず彼らの姿が見える。

86　一八四五年に文芸誌「両世界評論」に掲載された時点では、作品は三章構成だったが、二年後に単行本が刊行されたときに、この章が付加された。当初からフィクションと学問的な考察を同居させることに批判はあったが、メリメはその後の版でもこの章を削ろうとはしなかった。

通常、男たちは博労《ばくろう》、獣医、騾馬の毛の刈り取り屋などを生業《なりわい》とする。さらに鍋釜の類や銅器の修繕の技術をもっており、いうまでもなく密輸その他のあやしげな取引にも手を出している。女たちは占いをやり、物乞いもやり、ありとあらゆる種類の有害無害な薬物を売っている。

ボヘミアンの身体的特徴は言葉で描写するよりも、見て識別するほうがやさしい。ひとり実物を見ておけば、千人のなかからでもこの種族を見分けることができるだろう。顔つきと表情――おなじ土地に定住する人々と彼らを区別するのは、とりわけこれである。肌は赤銅色で、土地の人間の肌よりかならずくすんでいる。そのためCalé すなわち黒い人という呼び名で、しばしば自分たちのことを指すのである。[87] 彼らの目はかなり眇《すがめ》の気味があるのだが、切れ長で、色はとても黒く、長くて濃い睫毛が影をおとしている。まなざしを何かにたとえるとしたら、猛獣のそれしかないだろう。そこには不敵と臆病が同居しており、ある意味で彼らの目は、狡猾で大胆なくせに、パニュルジュ同様「生まれつき殴られることが大嫌いな」[88] この民の特徴をよくあらわしているとも言える。おおかたにおいて男たちは均整がとれ、細身で敏捷である。腹のでっぷりした男など、ついぞお目にかかったことがない。ドイツにいるボヘミア女たちは、しばしばかなりの美形である。しかしスペインのヒターナたちに美女はきわめてすくない。ごく若いときには、まずい女だが感じはわるくないという程度、ところがいったん母親になれば、見るも不快な姿になってしまうのだ。男女とも、その不潔なことは想像を絶している。ボヘミア人のかみさんの頭髪ときたら、極端にごわごわで、脂じみて、埃まみれの馬のたてがみを思い描いてみても、やっぱり本物を見なければ実感はわかないというような代物なのである。アンダルシアの大きな町々には、ちょっと見場のよいのがいて、そういう娘たちはいくらか身ぎれいにしている。そして金をもらうために踊りに行ったりもするのだが、その踊りというのは、わが国では謝肉祭の民衆がつどう踊り場でさえ禁じられているある種の踊りに酷似しているのである。ボロウ氏[89]というイギリス人の宣教師は、聖書協会の援助でスペインのボヘミアンたちを改宗させようとこころみた人物であり、彼らについて興味ぶかい著作を

87（原注）私の経験によれば、ドイツに住むボヘミアンたちは、Calé という言葉はよく知っているが、そのように呼ばれることを好まないように思われた。彼らはおたがいを呼ぶときには Romané tchavé という言葉をつかう。

88 ラブレー『パンタグリュエル』。

二冊あらわしている。彼の断言するところによれば、ヒターナの女が自分とちがう種族の男に弱みを見せることは、ぜったいにありえないという。しかし女たちの貞潔にささげられた彼の賛辞には、かなり誇張があるように思われる。というのも、圧倒的多数は、オウィディウスのいう醜女《しこめ》のケース、すなわちCasta quam nemo rogavit.［だれにも求められぬ女の貞潔］という例であろうから。いっぽう綺麗な女たちは、ほかのスペイン女たちとなんら変わるところはない、つまりそれなりに気むずかしいので、おいそれとは恋人にえらんでもらえないというだけだ。まずは女に気に入られ、女にふさわしい男に見えるよう努めねばならない。ボロウ氏は、女たちの操が固い証拠として、ある逸話を引いておられるが、この話はむしろ、氏ご自身の徳操を、いやなによりも、その純朴さを証しているように思われる。氏の語るところでは、知り合いの背徳的な人物が、綺麗なヒターナに何枚かのオンス金貨を進呈するともちかけたのに、ついに口説きおとすことができなかったというのである。私がこの逸話をあるアンダルシアの男に紹介したところ、つぎのような判断がくだされた。件《くだん》の背徳的な人物がもしピアストル銀貨を二、三枚ちらつかせていれば、事はうまくはこんだはずであり、ボヘミア女にオンス金貨を進呈するなどは、田舎宿の女中に百万、二百万の金子を約束するにも等しい愚行、口説きの手段としては最悪だろうというのである。——それはともかく、ヒターナたちが自分の亭主に見せる献身ぶりには尋常ならざるものがある。危急の場合に夫を助けるためになら、どんな危ない目に遭おうと、みじめな思いをしようとひるむことはない。ボヘミアンたちが、自分たちを呼ぶときに使う言葉のひとつRomé すなわち夫婦者という言葉は、この種族が婚姻に対していだく敬意をあらわしているように思われる。一般的に、彼らの道徳の基本は同胞愛にあると言えるだろう。自分とおなじ出生の者との関係において律義に守りつづける忠誠心、相互に助け合うときのあの熱意、危ない橋をわたるときにたがいをかばい合う絶対的な秘密保持、そうしたものを同胞愛と呼べるとしての話だが。いずれにせよ、得体の知れぬ活動をする非合法の団体においては、かならず似たような現象が認められるのである。

何ヵ月かまえに、筆者はヴォージュ地方に居着いたボヘミアンの集落を訪問した。[90]

89　ジョージ・ボロウによる著作は、現場の観察にもとづく学問的成果として高く評価されていた。

部族の古老とみなされる老婆の小屋に、その家族とは無縁なひとりのボヘミアンがおり、不治の病にかかっていた。この男は病院でゆきとどいた世話をうけていたにもかかわらず、同郷の人びとのなかで死にたい一念から、ここにきたのである。居候をして床に就くことすでに十三週間におよんでいたが、おなじ家屋に住むこの家の息子たち、婿たちよりはるかに手厚いあつかいをうけていた。藁と苔をつめ、ほぼ清潔なシーツまでかけた寝台が男にあたえられるいっぽうで、のこる十一人家族の全員は、長さ三尺ほどの板に寝るのである。これが彼らの歓待の掟なのだった。客人にこれほどの情を見せるその老婆は、床に就いた男の目の前で、私にこう説明した。Singo, singo, homte hi mulo.「じきに、もうじきに、この人は死ぬのですよ」結局のところ、この人たちにとって、人生はあまりにみじめなものであるために、死の予告すら、なんら恐れるべきものではないのだろう。

ボヘミアンに目立つ特徴のひとつは、宗教に関心がうすいことである。主義として無信仰であるとか懐疑論にかたむくというのではない。神の存在を否定する立場を明確にえらんでいるわけではないのである。それどころかむしろ、さしあたり住んでいる土地の宗教が自分の宗教となる。国が変われば宗教も変わる。未開の民のあいだでは宗教感情のかわりに迷信が幅をきかせているものだが、これもまた彼らには無縁である。じっさい、おおかたは他人の信じやすさにつけこんで生きている人間たちのあいだに、迷信が存在しうるはずもない。しかしながら、スペインのボヘミアンたちは、死骸にふれることを極度に忌み嫌うものであることに私は気づいたのである。たとえ金をあたえても、死人を墓にはこぶことを承知する者はほとんどいないだろう。すでに述べたように、ボヘミア女の大半は占いをやることになっている。彼女たちはなかなかの腕前を見せる。だが儲けのいい稼ぎはなんといっても、霊薬や媚薬のたぐいを売ることだ。浮気な恋人の心をつなぎとめるためにはヒキガエルの脚が、冷たい相手をなびかせるためには磁石の粉が要るのだが、そんなものばかりではない。必要とあれば、強力な魔術で悪魔を呼びだし、力を貸すようにしむけることさえできるというのである。昨年スペインのあるご婦人が、つぎのような話を聞かせてくれた。

90　一八四五年十月にメリメはロマニー語の手稿があるとの情報を得て、フランス北東部に赴き、現地のジプシーと接触している。単行本の刊行に際して、あらたに第四章を書き加えた意図のひとつは、その調査結果を公表することにあったと思われる。

ある日、彼女は気がかりなことがあって滅入った気分でアルカラの通りを歩いていた。と、歩道にうずくまっていたボヘミア女がこう呼びかけた、「綺麗な奥さん、恋人に裏切られたんでしょう」。まさに図星だった。「あなたのところに男をつれもどしてほしいですかね？」この申し出は、お察しのとおり大いに歓迎され、心に秘めた思いを一目で見抜いた人間はたちまち信頼されたのである。とはいえマドリード一の繁華街で、やおら魔術にとりかかるわけにもゆかないので、翌日の会見が約束された。「不実な殿方をあなたの足下にひざまずかせるくらい、朝飯前ですよ」とヒターナは言った。「その方にもらったハンカチか、ショールか、マンティーリャがありませんかね？」絹のネッカチーフがわたされた。「それでは緋色の絹糸で、ネッカチーフの片隅にピアストル銀貨をぬいつけていただきましょうか。――もういっぽうの隅には半ピアストル、ここにはペセタ、あちらに二レアルの硬貨。それから真ん中に金貨を一枚ぬいつけなけりゃいけません。できればドブロン金貨がよいのだけれど」こうしてドブロン金貨その他がぬいつけられた。「さてそれでは、ネッカチーフをこちらにいただきましょう。夜中の零時の鐘が鳴るときにカンポ＝サント［墓地］にもってゆくのです。悪魔のご到来が見たかったら、あたしといっしょにおいでなさい。あなたの思い焦がれる殿方は、明日にももどってくるとうけあいますよ」結局、ボヘミア女はひとりで墓地にむかった。当人は悪魔が恐ろしくて、とても同行する気にはなれなかったのである。さて、男にすげなくされたこの気の毒な女性が、自分のネッカチーフと不実な恋人に再会することができたかどうか。それは読者のご想像におまかせするとしよう。

ボヘミアンはみじめな暮らしをしているし、他人に嫌悪感をいだかせもするのだが、無知な民衆のあいだではある種の敬意をはらわれており、彼らはそのことを自慢にしている。自分たちは知性において卓越した種族だと感じ、彼らをむかえいれてくれる住民をひそかに見下しているのである。「なにしろ土地の人間は間抜けだから」とヴォージュで出遭ったボヘミア女は言ったものだ、「あいつらに一杯喰わせたって自慢にもなりませんよ。こないだもね、往来で百姓のかみさんに呼びとめられて、その女の家に入ってみたんですよ。竈《かまど》がいぶってしょうがないから、お呪《まじな》いでなんとかしてくれっていうもんでね。あたしゃまず、上等な豚の脂身を一切れ出せって言いました。それからロマニー語でぶつくさ唱えたんです。おまえさんは間抜けだよ、とか言ってたんですがね、馬鹿に生まれて馬鹿で死ぬ、とか……。それから戸口のそばまできたところで、今度はちゃんとしたドイツ語で、こう言ってやった。ぜったいに竈がいぶらない方法があるよ、火を焚かないことさ。そいで、すたこらと逃げてやりましたよ」

ボヘミアンの歴史はいまだに解明されていない。じつのところ、数としてはけっして多くない最初の集団が、十五世紀のはじめごろヨーロッパの東にあらわれたことだけはわかっている。しかし彼らがどこからくるのか、またなにゆえにヨーロッパに来たのかは説明できないし、その上おどろくべきことに、あちこちの遠隔の地で、短期間になぜあれほど驚異的な人口増加を見せることになったのか、そのいきさつも不明なのである。ボヘミアン自身も、発祥の地を暗示するような伝統をなにひとつ保持していない。おおかたの人間が最初の祖国としてエジプトの名をあげるとしたら、それは大昔に自分たちについて流布された作り話を、みずから採用したにすぎないのである。

ボヘミアンの言葉を調査したオリエント研究者の大多数が、彼らはインドに起源をもつと考えている。[91] たしかにロマニー語においては、きわめて多数の語根とかなり多くの文法形態が、サンスクリットから派生した複数の民族語《イディオム》と共通するらしい。ボヘミアンが長期にわたる放浪生活のなかで、外国の言葉を無数にとりいれたであろうことは容易に察しがつく。ロマニー語に属するいろいろな方言には、例外なくギリシャ語起源の語彙がたくさん見出される。たとえば骨という意味の cocal は χόχχαλον から、蹄鉄という意味の petalli は πέταλον から、釘という意味の cafi は χαρφί からきているのである。今日のボヘミアンたちは、分断された民族がはなればなれの集団となり、その集団の数にほぼ匹敵する種々の方言をかかえている。いずこにおいても、たまたま住みついた土地の言葉のほうが、彼ら自身の民族語《イディオム》よりも流暢に話されている。彼らが自分たちの言葉をつかうのは、よそ者のまえで気兼ねなくしゃべりたいときだけである。ドイツに住みついたボヘミアンの方言と、スペインに住みついたボヘミアンのそれとを比較してみるならば、両者の集団はすでに何世紀にもわたり交流を断っているにもかかわらず、依然として共通の語彙はおびただしい数にのぼる。しかしいずれの場合も流浪の民は、より進化した言語を修得しなければならなかったから、その

91 ジプシーのインド起源説は十八世紀から存在するが、これが民族学的な論争のなかで注目されるようになったのは一八四〇年代であるという。

接触のなかで元の言語は程度の差こそあれいちじるしい変化をとげてきたのである。かたやドイツ語、かたやスペイン語が、ロマニー語の基礎を変質させてしまったために、黒い森《シュワルツワルト》に住むボヘミアンが、アンダルシアの同胞のだれかと談話することは、むずかしいかもしれない。とはいえ、ちょっとやりとりしただけで、自分たちがどちらも、おなじ民族語《イディオム》から派生した方言をもちいているのだということは、おのずと確認されるのである。非常によくつかわれるいくつかの語彙は、私の見るところ、すべての方言に共通する。調べることのできたヴォキャブラリーのすべてにおいて、paniは水、manro はパン、mâs は肉、lon は塩を意味している。

数の名称はどこでもほぼ同一である。スペインの方言にくらべると、ドイツの方言のほうが純粋さを保っているように思われる。ドイツでは起源の文法的形態が多数のこされているのに対し、ヒターノスと呼ばれる集団はカスティーリャのそれをとりいれたからである。しかるに、例外的には古《いにしえ》の言語共同体を裏づける語彙がないわけではない。――ドイツの方言においては、命令法はつねに動詞の語根となり、これにiumを加えることで過去形が構成される。いっぽうスペインのロマニー語では、動詞はすべて、カスティーリャ語における動詞の第一活用にならって語尾変化する。不定法jamar（食べる）からは、規則的にjamé（私は食べた）が、またlillar（取る）からはlillé（私は取った）が導かれるという具合である。ただし、高齢のボヘミアンには例外的にjayon, lillonという形をつかう者もいる。私見によれば、このような古い形態をとどめた動詞はほかにはない。

さてロマニー語についてのささやかな知識を披露するついでに、フランス語の隠語のなかにも、盗賊どもがボヘミアンから習いおぼえた言葉がいくつかあることを指摘しておこう。たとえばchourinがナイフの意味であることは、『パリの秘密』[92]のおかげで上品な人々にまで知られるようになった。これは純粋なロマニー語であって、tchouriは、すべての方言に共通する語彙のひとつなのである。ヴィドック氏[93]は、あるところで馬をgrésと形容しているが、これもまたgras, gre, graste, grisといった系列のボヘミアンの言葉である。さらにまたパリでつかわれる隠語表現の

92 ウージェーヌ・シューの『パリの秘密』は、一八四二年六月から一八四三年十月まで新聞に連載されて大評判になった。登場人物のひとりにChourineurという綽名をもつ者がいる。

93 ヴィドック（一七七五～一八五七年）は、徒刑囚から転身して秘密警察の総監にまでなり、波瀾万丈の生涯をおくった人物。著書のひとつ『盗賊』のなかには隠語の語彙集がある。

romanichel は、ボヘミアンを指す。これは、ボヘミアの男を意味する rommané tchave が訛《なま》ったものである。ところで私がいささか自慢に思っている語源研究は、frimousse すなわち顔とか顔つきを意味する語に関するもので、この言葉はどんな小学生でもつかう、すくなくとも私の世代の小学生はつかっていた。まずウーダンが、一六四〇年、その珍重すべき辞書において firlimouse と書いていることにご注目ねがいたい。ところで firla, fila は、ロマニー語でまさに顔を意味する語、また mui もおなじ意味合いの語であって、ラテン語系の os に相当する。そこで firlamui という複合語を伝統派のボヘミアンに見せたところ、ただちに了解されたのである。この結合が、彼の母国語の精神にのっとっていることの証左であろう。

ところで『カルメン』の読者諸氏に私のロマニー語研究がまんざらでもないと吹聴するのも、いいかげんにすべきだろう。ちょうどおあつらえむきの格言が胸にうかんだので、これをもって筆を擱《お》く。En retudi panda nasti abela macha. 閉じたる口に蠅入らず。

解説——メリメと諸国民のヨーロッパ

工藤庸子

生い立ち

プロスペル・メリメ。一八〇三年九月二十八日パリで生まれ、一八七〇年九月二十三日南仏カンヌで死去。『タマンゴ』は二十六歳、『カルメン』は四十二歳のときに発表された。

一七九九年末のクーデタにより第一統領となったナポレオン・ボナパルトが皇帝の座に就いたのは、メリメ誕生の半年後。皇帝の甥にあたるルイ＝ナポレオンが一八五一年のクーデタにより翌年ナポレオン三世を名乗り、その第二帝政が普仏戦争の敗戦によって崩壊したのは、メリメの死の十九日まえである。その間、フランスは一八一四年のブルボン家による王政復古、翌年のナポレオン百日天下、一八三〇年の七月革命によるオルレアン家ルイ＝フィリップの七月王政、一八四八年の二月革命による短命な第二共和政と慌ただしく政変をくり返した。メリメは復古王政下で作家デビューしたのち、七月王政のもとで〈歴史的記念物視察官〉として活躍し、第二帝政期は皇帝夫妻に信頼されて元老院議員となった。

アンシャン・レジームを終結させたフランス革命を起点として近代的な〈国民国家〉が誕生し、今日的な〈諸国民のヨーロッパ〉が徐々に姿をあらわした時期である。名目上は君主にかわって主権者となった匿名の人びとは、歴史を遡《さかのぼ》り、伝承や民話を採集し、古文書を発掘し、遺跡を調査し、歴史的記念物を修復し、固有の〈文化遺産〉を擁する共同体としての〈国民《ネイション》〉とは何かを問いながら、その特性を記述した。文化史家アンヌ゠マリ・ティエスがいうように〈国民アイデンティティ〉とは、こうした記述作業をとおして創造されたものである。しかも、この文化的営みは、国境を越える情報交換により、文字通りヨーロッパ的な知のネットワークとして展開されていた。このような時代の風景を背後において、これまで別人格のように分断されてきた〈作家メリメ〉と〈歴史的記念物視察官メリメ〉を不可分のものとして描いてみよう。

プロスペルの父は理工科学校《エコル・ポリテクニーク》や国立美術学校《エコル・デ・ボザール》などのエリート校に籍をおく画家だった。創作において名をなすことはなかったが、実験によって修復の技法を探究し、油彩論を刊行、イギリス贔屓《びいき》の教養人として両国の文化的ミッションを託されたりもした。母はその父のもとに通って絵を学び、画塾で教えるようになった女性である。嫁入り前の娘や良家の婦人がたしなみとして絵を描くことは推奨された時代だが、これを職業とすることはまれであり、しかも家産をもたぬ男女が意気投合して自由意思で結ばれる結婚は、きわめて例外的だった。ひと昔まえの芸術家のように王侯貴族の庇護を当てにすることもなく、流行のロマン派的ボヘミアン生活とも縁遠い、堅実な新興知識人のカップルである。

夫妻はプロスペルに洗礼を受けさせなかったらしい。革命によって壊滅的な打撃を受けたカトリック教会は、ナポレオンの宗教政策によって息を吹き返し、王政復古期に存在感を増してゆく。教会は、誕生時の洗礼はもとより宗教教育の基礎を担う初聖体拝領、そして結婚や臨終や埋葬など、人生の節目に欠かせぬ社会的な制度でもあった。メリメより一歳年上のヴィクトル・ユゴーは、結婚の際に洗礼証明書を捏造したという話が伝わっているほどで、しばしば教会の保証は身分証明に匹敵したのだが、社会的エリートにとって生活上の不都合はさしたる問題ではないだろう。歴史家ミシュレをはじめ、一八〇〇年前後に誕生し、ものごころがついた時期に廃墟と化した教会や修道院を見てしまった世代、両親と日曜礼拝に通うことなく幼少期を過ごした第一世代の知識人たちにとって、宗教はいかなる価値と機能を担うものであったのか。一八〇二年に『キリスト教精髄』を刊行し、カトリック復興に一役買ったシャトーブリアンは、信仰に捧げられた神秘の空間として古い教会堂を描写した。ユゴーやメリメのまなざしは、宗教建築をひとまず礼拝行為から切り離し、世俗のモニュメントと同等の〈文化遺産〉として捉えることになるだろう。

スペインとバルカンの夢

独りっ子のプロスペルは名門高校を卒業して法学部に進む。成績抜群ではなかったけれど知識欲は桁外れだった。父も母も英語に堪能であり、息子は十五歳で完璧なコミュニケーション能力を身につけていた。学校でしっかり学んだラテン語のほか、学生のときにはギリシア語とスペイン語に熱中し、さらには今日なら語学オタクと呼ばれそうな貪欲さでスラヴ系の諸語、ロマの言語、サンスクリットなどに手を広げることになる。メリメが二十歳になった一八二三年、保守から反動政治に転じたフランスの復古王政は、スペイン立憲革命に軍事介入してブルボン家の絶対王政を復活させた。

自由主義的な若者たちはこれに反発してスペインの国民に熱烈な共感を寄せ、ピレネーの彼方にひろがる色彩ゆたかな隣国は、新世代の憧憬の的となっていた。

学業を終えたメリメはあちこちのサロンや文学集団《セナクル》に足繁く通い、雑誌に投稿したり仲間内で原稿を読んだりしながら遊民の日々を送る。復古王政といっても革命前の身分制社会に回帰したわけではなかったから、サロンはそれぞれに個性はあるものの、総体としてみれば異なる階級や職業の混交する場であった。ナポレオン法典によって家庭の親密圏に閉じこめられた女性たちの知的・文化的な活力が低下してゆく一方で、男性中心主義に養われた〈ダンディズム〉の仕草、社交界や粋筋の世界における華やかな〈女性蔑視《ミソジニー》〉の逸話がもてはやされるようになる。小柄で容姿端麗とはいいがたい独身男のメリメが、ロンドンの一流店で誂えた上着《フロック》を着こなし、上流階級の既婚婦人、中産階級の未婚女性、あるいは女優などと自由に複数の関係を結ぶことができた時代だった。そうした社会風俗を活写したものとしてメリメの作品を読み解くことは容易《たやす》いが、この論点はいささか古めかしい。〈ダンディ〉の私生活については「年譜」でごく簡単にふれるに留めよう。

実質的なデビュー作に当たる二つの作品は奇妙なものである。一八二五年、スペインの女優が創作した長短六篇の戯曲のフランス語訳という触れ込みで『クララ・ガスルの戯曲集』が刊行された。〈ガスル〉Gazul は花にちなむ美しい名であるらしい。じつはメリメ自身がサロンで自作を披露していたから、この匿名出版は、内輪では了解済みの悪戯《いたずら》だった。作品はまずまずの評判を得る。二年後に発表された『グスラまたはダルマチア、ボスニア、クロアチア、ヘルツェゴヴィナで採集されたイリリアの詩集』はさらに手が込んでいた。〈グスラ〉Guzla は伝承の朗誦に欠かせぬ古来の弦楽器を指す言葉だが、お気づきのように Gazul のアナグラム（文字の入れ替え）にもなっている。耳慣れぬ〈イリリア〉という語彙は、バルカン半島に位置する古代王国の名であるという。ナポレオンの侵略により一八〇九年から一八一三年まで〈イリリア諸州〉という統治の枠組が設けられ、民法典はじめフランスの法制度が施行されていた。その後ハプスブルク帝国の支配下で民族の再生と〈国民国家〉建設の夢を託した運動が起きたとき、これが〈イリリア運動〉と呼ばれることになる。一八二〇年代は遠いバルカン半島への熱い関心が、ギリシア独立戦争とバイロン卿の客死によって呼び覚まされた時期であり、若きメリメの〈イリリア熱〉は〈スペイン熱〉と同根ともいえる。

伝承の収集についてヨーロッパはすでに半世紀以上の歴史をもっていた。一七六〇年代にスコットランドの作家マクファーソンがゲール語の古文書から翻訳したという建前の古代叙事詩を刊行した。通称『オシアン』は海峡を越えて広範なブームを巻き起こし、若き将軍ボナパルトさえ大の愛読者を自称するほどだった。メリメは学生のころ友人と趣味でこの基本文献の翻訳をやっており、ケルト文化圏、ドイツ語圏をはじめヨーロッパ各地で着々と発表される民俗学黎明期の研究成果には、ぬかりなく目を配っていたと思われる。

この種の発掘作業には贋作の疑惑がつきまとうことは周知の事実だが、それにしても、メリメの『グスラ』はよくできていたらしい。さっそくプーシキンがロシア語に翻訳し、英語、ドイツ語、ポーランド語でもいくつかの詩篇が紹介されたといわれるが、博識のゲーテが一年後に雑誌論文で信憑性を否定した。数年後、メリメは人を喰った種明かしをする。友人と一緒にバルカン旅行を企てたが、路銀がないから現地調査をしたふりをして先取りの出版をしたまでとのこと。無頼な文学青年たちの韜晦《とうかい》趣味は時代の風潮でもあった。このエピソードが興味を誘うのは、メリメのヨーロッパ諸言語への関心が、コミュニケーション手段としての外国語習得とは異なる次元に早くも向かっているからにほかならない。

国民や民族のアイデンティティの本質は固有の統一標準語にあるという確信は、十九世紀ヨーロッパの知識人たちに共有されていた。オスマン帝国支配下のセルビアで伝承を収集し古語を研究したヴーク・カラジッチによる言語改革運動は、一八一〇年代からドイツ語圏を中心に紹介されており、世紀半ばの〈セルビア・クロアチア語〉の提唱は、民族統一の祈念と一体になって大きな反響を呼ぶ。つまり『グスラ』がナイーヴに歓迎される素地は整っていたのである。メリメは晩年にスラブ圏に関する知見を深め、ロシア文学の翻訳を手がけるようになるのだが、死の前年に発表された『ロキス――ヴィッテンバッハ教授の手稿』は、リトアニアの古文書を調査するプロイセンの比較言語学者が現地で民話ネタの恐怖体験（熊の血が流れる伯爵家の惨劇）に巻き込まれるという話。広義の〈東欧〉の表象として、あるいは〈西欧〉の側が捏造した〈ヨーロッパ辺境〉のイメージとしてなかなか興味深いのだが、それだけではない。頭痛もちで猫好きで生涯独身だった作者の本音が、熟練の技により物語の細部や人物の造形に活かされており、知られざる最高傑作と称えられるのも頷《うなず》ける。

さて『カルメン』の作者を紹介するにしてはいささか脱線した導入ではないかと叱

られそうな気もするが、まずは思いだしていただきたい。スペインを舞台とする代表作も、語り手は古文書を手掛かりに遺跡調査をする考古学者という設定になっており、巻末には〈ジプシー〉というヨーロッパ全域に拡散した謎の民の歴史や生活習慣や言語に関する民俗学的な考察が添えられている。通底するものがあることは確かだろう。

歴史小説『シャルル九世年代記』のほか『マテオ・ファルコーネ』『タマンゴ』など「コント」と呼ばれる短めの物語数篇が発表された一八二九年は、メリメにとって実り多き年であり、ここで作家の評価は確立したと見ることができる。この年、創刊されたばかりの文芸誌「パリ評論」が懸賞論文を募集したとき、リベラル派の思想家バンジャマン・コンスタン、歴史家ティエール、ロマン主義運動の若き頭目ヴィクトル・ユゴーなど錚々たる人物たちとともに、メリメも審査員に名を連ねていた。ちなみに懸賞論文の表題は「十五年来の代議制統治は、わが国の文学と習俗にいかなる影響を与えたか？」というもの。文学の政治参加を強く促すロマン主義全盛のフランスならではの設問といえよう。翌年の六月、ピレネーの彼方をめざして旅に出たメリメが十二月にパリに帰還したとき、七月革命をへたフランスは「ブルジョワ王政」とも呼ばれるルイ＝フィリップの王政に移行していた。とりあえず自由主義を掲げた政権であり、小さな作品が千部か千五百部売れたぐらいでは生活の目処《めど》も立たなかったから、メリメは遊民の生活に終止符を打ち、官吏に奉職した。

奴隷貿易と文明のヨーロッパ

現代日本の読者は『タマンゴ』をどうお読みになっただろうか。移民問題に言及するまでもなく、旧植民地の出身者やその子孫を相当の割合で擁する今日のフランス共和国において、奴隷制の歴史解釈は学問的にも政治的にも敏感で、ときには剣呑《けんのん》なアクチュアリティなのである。ひとまず奴隷制に関しては加害者でも被害者でもないと自認する日本人は『タマンゴ』の作者に〈反植民地主義〉という賛辞を捧げるか、それとも所詮は白人の黒人に対する〈人種差別〉であるとしてそっぽを向くか。読書の印象を語るのは読者の自由――あらかじめそう認めたうえで、訳者としては、なぜメリメが一八二九年に奴隷船が大西洋をわたる〈中間航路〉の凄絶なドラマを世に問うことになったのか、その歴史的背景を一瞥しておきたい。

フランスにおける〈黒人奴隷制度の廃止〉が三つのステップを踏んだことは、ご存じの方も多いだろう。まずは革命さなかの一七九四年、国民公会の政令により植民地における奴隷制度が理念的には廃止されたが、これは実態を伴わず、カリブ海の植民地などで黒人奴隷の反乱がつづいていた。一八〇二年、第一統領ナポレオンは奴隷制度の復活を宣言し、軍隊を派遣して反乱を鎮圧。ほぼ半世紀が経過して、一八四八年の二月革命直後、廃止論者ヴィクトル・シェルシェールの努力が実り、第二共和政の政令による制度的な廃止が実現する。こうした経緯と深くかかわりながら〈奴隷貿易の禁止〉は独自の紆余曲折をたどる。ナポレオン帝政の末期、イギリスに亡命していたスタール夫人がウィルバーフォースなど奴隷制廃止論者と親交を結び、一八一五年のウィーン会議で奴隷貿易禁止の宣言が採択されるよう各国の君主にはたらきかけていたことは、わたしも最近の研究成果から知った。フランスにおける奴隷貿易禁止の運動は、一八一七年のスタール夫人の死後、息子のオーギュスト・ド・スタール男爵と女婿のヴィクトル・ド・ブロイ公爵に引きつがれる。

ウィーン会議における奴隷貿易の禁止は宣言にすぎず、そのままでは実効性をもたなかった。歴史の皮肉ということか、原則として非合法とみなされた取引に参入するのは悪徳業者であり、人道を無視した一攫千金のもぐりであるがゆえに『タマンゴ』に描かれたような生き地獄が出現したともいえる。一八二〇年代、猖獗《しょうけつ》を極める

〈中間航路〉の災厄に対し、適切な国際法・国内法の整備と、国家による監視や処罰の制度化を求める声があがっていた。スタール男爵は在野の活動家として「キリスト教道徳協会」（一八二一年設立）の内部に「奴隷貿易廃止委員会」を組織、ナントの奴隷船艤装業者のもとで購入した足かせ・手かせ・首かせなどの恐るべき拘束具を一八二五年にパリの事務局に展示した。さらに図版や統計資料を添えた数十ページの「報告書」を刊行。一方でド・ブロイ公爵は政治に働きかけ、とりわけ一八二二年と二七年、元老院において奴隷制の惨状を訴えた演説は、大きな反響を呼んだ。奴隷貿易禁止関連の諸法がほぼ整備されるのは一八三一年だが、『タマンゴ』の発表された一八二九年には、「奴隷貿易廃止委員会」が、あらたに〈奴隷制廃止〉を綱領に掲げていた。ちなみにド・ブロイ公爵は「フランス奴隷制廃止協会」（一八三四年創設）の会長を一八五〇年の解散時まで務めることになる。

メリメが一連の経緯や具体的な情報に通じていたことは、拘束具の描写までが上記「報告書」と酷似しており、疑問の余地はない。スタール男爵と同じく親の代から英仏をつなぐ人脈のなかで成長し、しかも同郷のド・ブロイ公爵家には三世代にわたって世話になり、そのサロンにも出入りしていたのである。メリメが生身の黒人奴隷を目にする機会はなかったと思われるが、それにしてもバルカン半島に調査旅行をしたふりをして『グスラ』を捏造するぐらいなのだから、眼前の時事問題と豊富な資料から『タマンゴ』を創造できぬはずはない。

フィクションの登場人物としてのタマンゴは、どんなふうに造形されたのか？ アフリカに住む黒人の習俗に関しては、前世紀から十九世紀初頭にかけて、宣教師、探検家、黎明期の民族学者たちが豊富な知見をもたらしていた。いくつかの具体例を訳注に記したが、とりわけ興味深いのは、黒人の「宗教感情」である。反乱に勝利した黒人たちの戸惑いと畏怖を、メリメはアフリカの「異教」をめぐる最新の研究を活用して描いており、とりわけバンジャマン・コンスタンが『宗教論』（一八二四〜一八三一年）で提示した「フェティシズム＝物神崇拝」の概念が参照されていることは、まちがいないと思われる。今日では精神分析の用語になってしまった「フェティッシュ」は、本来は尊崇の対象で守り神でもある「物」を指しており、これを崇拝する人間は「物」の主人でもあるという相互的な絆が想定されていた。「白人たちの崇める守り神《フェティッシュ》のこのでかい船が、主人たちの血にまみれたこのおれたちを、おれたちの故郷にはこんでくれるだろうか？」（三十二ページ）という屈折した言葉には、このような「異教」のロジックが投影されている。白人の「フェティッシュ」である帆船が、白人の願い事しか聞かないのは当然なのである。

一方、大西洋の彼方、カリブ海の植民地では、フランス革命に刺戟されたトゥーサン・ルーヴェルチュール率いる黒人の政府が成立し、ハイチが独立するなど、流血の激動をとおして政治的な覚醒が進行した。苛酷な〈中間航路〉における奴隷の反乱もじっさいに起きていた。このような恐るべき暴力としての黒人の表象は、現代の感性には馴染まないけれど、小説は、歴史の現実を証言する責務も担っている。じつはド・ブロイ公爵による一八二七年の演説にも、不穏で意味深長な断章がふくまれていた。奴隷制を制度として全面的に断罪したのちに付言していわく、解放された黒人奴隷が「白人に襲いかかる」ことがないよう、当面は、すなわち黒人が「自由を道徳的に活用」するようになるまでは、「狂気の者を監獄に閉じこめるのと同等」の扱いをすることは正当なのであり、合法的とみなされよう――「奴隷貿易廃止委員会」の強力な後ろ盾は、そう主張するのである。これを善意の発言とみなすなら、演説者にとって喫緊の課題は、制度の廃止そのものではなく非人道的な貿易の即時停止なのだから、黒人奴隷の解放に対する白人の恐怖と嫌悪は理解できるという譲歩の言説によって、人びとの不安を慰撫しておこうという意図だろう。

一八三〇年前後、文明の国フランスのブルジョワ社会において、黒人奴隷は徒刑囚と似たような位置づけにあったとわたしは考えている。縮約版ではない『レ・ミゼラブル』をお読みになった方なら納得していただけよう。怪力で度胸の据わったタマンゴは、ミリエル司教との出遭いによって改心し、みずからを文明化する機会を与えられなかったジャン・ヴァルジャンのようではないか。ヴィクトル・ユゴーが文明社会のどん底と呼んだ悪の温床は、絶望的な貧困と教育の欠如が生んだものであり、責任は明らかに文明の側にあるのだが（『レ・ミゼラブル』第三部第七章）、それはそれとして、注目すべきは奈落の暗がりに蠢《うごめ》く危険分子を予防的に拘束することで、社会の秩序と安寧が保たれるという発想だろう。徒刑囚に対する市民的ロジックが、文明の外部とみなされたアフリカの黒人にも、不気味に似通った鉄鎖の足かせとともに適用されているのである。

ゴビノー伯爵が『諸人種の不平等に関する試論』でアーリア人の優越を説くのは一八五〇年代のこと。ダーウィンの進化論の延長上で自称科学的な人種主義が跳梁《ちょうりょう》するのは、世紀の終わりから帝国主義の時代にかけてのことである。結果としてみれば

『タマンゴ』も〈人種差別〉ではないか、という一見もっともな感想はひとまず脇に措くことにしよう。一八三〇年前後の社会規範の典型的な雛形が見てとれる『レ・ミゼラブル』（作品の発表は一八六二年）を引きつづき読解の手引きとするならば、タマンゴを陥れる奴隷船の船長ルドゥー（Ledoux という名は「優しい男」と読める）は、たしかに度胸も根性もあるけれど、コゼットを虐待しジャン・ヴァルジャンをつけねらう宿屋の亭主テナルディエにどこか似てはいないだろうか。脇役ではあるけれど、タマンゴを愛する黒人の女アイシェのナイーヴなふるまいが、ひたむきなコゼットの横顔をふと思わせる瞬間もある。ユゴーの初期作品『ビュグ＝ジャルガル』（一八二六年）が黒人の奴隷を白人の貴族におとらぬ高貴な精神のもちぬしとして描いていることは訳注（九ページ）でもふれたが、要するに二十世紀の人種概念を素朴に適用して『タマンゴ』を読み解こうとすることは賢明ではない。すくなくとも主要な登場人物たちの善と悪をめぐる布置《ふち》が、黒人の〈人種的劣等性〉を自明の前提として決定されてはいないことを強調しておきたい。

　この時代、黒人女性の表象として抜群に知られていたのは、ゲーテも賞賛したというデュラス公爵夫人の『ウーリカ』（一八二三年）だろう。幼いときにセネガルでフランス人に買い取られたヒロインは、パリで貴婦人によって養育され、文明社会にふさわしい知性と感性を身につける。そして白人青年への報われぬ愛をとおして、黒人の身体と白人のような内面との修復しがたい断絶と相克を生きることになる。さらに時代を遡れば若きスタール夫人による植民地を舞台とした小篇『ズュルマ』(一七九四年)や『ミルザ』(一七九五年)においても、植民地の「野生人」が白人と同等に優れたモラルに到達しうることが示唆されている。これらのヒロインほどではないにせよ、メリメのアイシェにも微妙な陰影と品格がそなわっているというのが、わたしの理解。それゆえ堀口大學の既訳では、アイシェが下層民のように「おいら、もう腹がすかなくなった、それに、何のために食うのか? おいらの時間はもうそこへ来てるんじゃないか?」と訴えるのに対し、わたしの新訳によるアイシェは「もうお腹すいていないの。それに食べてなんになるっていうの? もうあたしお仕舞いだってこと、わかっているわ」とつぶやくことになるのである。

奴隷の売買、黒人による白人支配者の殺戮、そして飢餓に苛《さいな》まれる幽霊船。ルドゥーとタマンゴの一騎打ちに集約されたヨーロッパ文明と野生のアフリカの勝者なき戦い。この黙示録的な世界に、若い女の哀切な死が、ひとしずくの情感をそえる。

歴史的記念物と民族学とカルメンという女

一八三〇年末にスペイン旅行から帰還したプロスペル・メリメが一八四五年十月に『カルメン』を雑誌に発表するまでに十五年が経過する。有能な官吏となったメリメは、十九世紀フランスの文化財保護制度の礎《いしずえ》を築き、一八四三年には碑文・文芸アカデミー会員に、翌年にはアカデミー・フランセーズ会員に選出されている。その間の知的遍歴はいかなるものであったのか。

メリメの職責の中核をなす〈歴史的記念物〉という概念が、国民の共有する〈文化遺産〉への愛着や〈国民アイデンティティ〉の意識と不可分であることは、あらためて強調するまでもない。これを国家の文化政策の中枢に据えたのは、歴史家から転じて七月王政の大物政治家となったフランソワ・ギゾーだった。メリメは一八三〇年に創設された〈歴史的記念物視察官〉に一八三四年に着任し、第二帝政期に元老院議員となってからも一八六〇年まで無給でポストに留まることになる。何よりも地方での地道な調査や雑多な調整を求められる厄介な仕事だった。交通手段も宿泊施設も貧弱な国土のあちこちを、辺鄙な田舎も厭わず巡回した視察官メリメの精力的な仕事ぶり、苛酷な日程を、多少なりとも想像していただきたいと思い、本書では、やや詳しい

「年譜」を添えた。

文化財保護の行政組織を立ちあげることも急務だった。一八三七年には〈歴史的記念物委員会〉が発足、メリメを事務局長とする七名の委員が、歴史的記念物の指定リストを作成し、記念物の保存、修復、補修にかかわる予算配分を決定することになる。委員会は内務省管轄下の組織であり、聖職者代表をふくまない。ところがフランスの場合〈歴史的記念物〉の少なからぬ部分が、現役の宗教建築でもあった。そこに〈文化遺産〉という世俗的な価値判断が、さらには国の予算が絡む。これまで建造物の老朽化に対応してきた地方自治体や教区のカトリック教会と信徒たち、あるいは考古学調査を主導してきた地域在住の名士や知識人たちとのあいだに複雑な摩擦と熾烈な権力闘争が生じることは避けられない。メリメは肉体と精神をすり減らしながら、ときには地方の知的活動と対決し、文化政策の中央主権化をおしすすめたのである。

ゴシック建築には民衆の記憶が刻まれており、中世にこそ〈国民芸術〉の起源があるという了解は、ヴィクトル・ユゴーの『ノートル＝ダム・ド・パリ』（一八三一年）からプルーストの『失われた時を求めて』（一九一三〜一九二七年）に至るまで、ロマン主義以降のフランス文学のなかで脈々と受けつがれてきた国民史の展望のひとつといえる。メリメに抜擢されて建造物の修復に当たり、帝政期の美術行政にも深くかかわったヴィオレ＝ル＝デュックも、こうした展望を分かちあっていた。メリメ自身はどうかといえば、刊行された文学作品から推測するかぎり、中世という時代に特段の思い入れはないように見える。近年の文化史が示唆するところによれば、メリメは『フランス文明史』の著者ギゾーと似通っており、国民や民族の歴史を起源に向けてひたすら遡り、薄暮の古代世界にまで分け入る作業に惹かれるたちであるらしい。こうした資質は、文化行政のテクノクラートにとって仕事の妨げとなるどころか、むしろ援《たす》けとなるだろう。〈視察官メリメ〉にとってヴェズレーの教会堂は、ケルトや古代ローマの遺跡と同列におかれた調査対象だった。

さて話はもどり一八三〇年、旅先のスペインでの出来事。メリメはたまたま乗合馬車のなかで知り合った大貴族テバ伯爵（のちにモンティーホ伯爵）に気に入られ、マドリードの邸に招かれて、家族ぐるみの交際がはじまった。とりわけ伯爵夫人は知的で寛容な女性であり、執筆のアイデアを報告して資料の手配を頼んだり、本業の苦労話や私生活の悩みを打ち明けたりするほどの、かけがえのない友となる。一八四五年五月十六日、そのモンティーホ伯爵夫人に宛てたメリメの手紙には、一週間家に閉じこもり、十五年前に貴女が聞かせてくださった物語、例の愛人を殺してしまったマラガの若者の話を書いた、との報告がある。しばらく前から、かなり本気でボヘミアンのことを調べているので、ヒロインはボヘミア女にしたと説明されているのだが、だとすれば民族的な設定は、ある種の装飾として付加されただけなのか？　いや、ジプシーでないカルメンなどありえない、想像できない。大方の人がそう答えるだろう。じっさい『カルメン』ほどに〈民族のアイデンティティ〉という所与《しょよ》が、物語の構造に深くかかわっている小説は滅多にないと思われる。

カルメンはボヘミアン、ドン・ホセはバスク。一方はインド起源ともいわれ、小アジアやエジプトも故郷とみなされる流浪の民。他方はスペインからフランスにかけたピレネーの山岳地帯に先史時代から定住し、固有の文化を守りぬいた孤高の民。バスク人は、スペインに住んでもフランスに住んでも、自分はスペイン人やフランス人である以上にバスク人であると自覚するといわれるが、ジプシーの場合、ヨーロッパのいずこにおいてもジプシー以外のなにものでもない。ニュアンスは異なるものの、国民国家の枠組におさまらぬ謎めいた民という特性を、二つの民は共有する。イエズス会の創立者イグナチオ・デ・ロヨラや宣教師フランシスコ・ザビエルを輩出したバスクでは、カトリック信仰が深く根づいていた。革命の勃発によりフランス・バスク地方で教会が破壊されバスク語が禁じられたことは、メリメの世代にとって遠い昔の話ではない。ドン・ホセがミサによる魂の救済を信じるキリスト教徒であるという事実と、占いによる未来の予言を信じるカルメンの異教的な宗教感情は、この愛と死のドラマにおいて対立的な伏線をなす。

とりわけ重要なのは、民族のアイデンティティを保証する言語だろう。思いだしていただきたい、愛のドラマは、カルメンの口にしたバスク語にドン・ホセが思わずほだされるところから始まり、以下のようなカルメンの台詞で終わる。フランス語のテクスト上にイタリックで置かれた異質な単語は、数はさほど多くはないのだが、語彙の物理的存在そのものが、決定的な場面で効果をあげる。

「おまえさんの話はできない相談ってものなんだよ。あたしゃもう、あんたに惚れてはいないんだ。で、あんたのほうは、あいかわらずあたしに惚れている。だからあたしを殺そうとしているんだろう。もうちっと嘘をつきとおしてみてもいいけどさ。でもねえ、わざわざそんなことをやるのも疲れちまったよ。あたしたちの仲はすっかりおわったんだ。おまえさんはあたしのロム［亭主］なんだから、おまえさんのロミ［女房］を殺したらいいんだよ。でも、カルメンはいつだって自由なのさ。カーリ［ジプシーの女］と呼ばれる女に生まれたんだ、カーリのまま死なせてもらいます」

こんなふうに日本語を並べながら、訳者としては、これほどの啖呵《たんか》を切れるカルメンがちょっと羨ましくなったりもするのだが、それはそれとして……。

ケルトやゲルマンより古くからヨーロッパに定住し、近隣諸国の言語とは縁もゆかりもない不思議な固有言語をもつバスク人は、謎の民であると同時にフランス人にとっては馴染み深い隣人だった。一方でボヘミアンと呼ばれる民へのメリメの学問的な関心は、これが流動的で無定型な存在であり、遥かな時空を超えてヨーロッパの外部から到来し、ヨーロッパ全域に広がって国家に囲いこまれることはなく、固有のアイデンティティをゆるやかに守りつづけている不穏な集団であることに由来する。『タマンゴ』を発表したのち、黒人という人種へのメリメの興味は持続しなかった。これに対してボヘミアンへの関心は、作家の生涯をつらぬいている。精力的に資料を集めはじめたのは一八四〇年の二度目のスペイン旅行からともいわれるが、初期作品の戯曲集『クララ・ガスル』では、架空の著者クララはボヘミア女を母にもつ。セルビアの伝承という触れ込みの『グスラ』では、現地で収集に当たったとされる架空の人物が、幼いときにボヘミアンにさらわれたという設定になっている。メリメが初めてピレネーを越えたときの成果『スペイン便り』（一八三一年）には、はやくもカルメンシータという名の「魔法使い」の女が登場しており、『カルメン』を刊行したのちは、比較言語学的な関心の対象を東方のボヘミアンへと拡げ、調査や資料収集をつづけている。そしてロシア語を習得すると一八五一年にはプーシキンの詩「ボヘミアン」を翻訳し、晩年の『ロキス』でも、物語の大団円にボヘミアンの影がちらつくという具合。それほどにメリメはこの民の謎そのものに魅入られていたのである。

それにしても『カルメン』の第四章は、評判がすこぶる悪い。一八四五年十月「両世界評論」に『カルメン』が掲載されたとき、作品は三章構成であり、第四章は一八四七年刊行の単行本に収められたとき付加された。ドン・ホセがカルメンを刺し殺す劇的な場面で登場人物の告白が終わり、せっかく余韻にひたっているところで、気取った文体の学術論文のようなジプシー論の蘊蓄《うんちく》に付き合わされるとは、なんとも興ざめではないか——というのが大方の読者の反応だろう。物語の語り手は消えたはずなのに、おもむろに作者らしい人物があらわれて、フィクションの源泉となり物語の細部を補強する諸々の知識を、作者自身の知識として披露してしまうのである。これが近代小説の一般的な美学に対するマナー違反であることに異論の余地はない。しかしそれはそれで、ポストモダンのようで面白いではないか、と涼しい顔で反論することもできる。現実と非現実の世界を自在に往還する散文のフィクションは、本来は十九世紀小説の約束事などに縛られない。カルメンと同じように自由なジャンルなのだから。

ふりかえってみれば、カルメンという女は黎明期の民俗学と比較言語学のなかから生まれたともいえる。「メリメとジプシー——『カルメン』の最後の章に関するいくつかの省察」と題した最近の研究論文によると、メリメの考証は好い加減どころか高水準の資料にもとづいており、ジプシー研究として歴史的な価値をもつらしい。文献と調査にもとづく最先端の学識が、想像力の糧となっていたことは疑いようがない。『カルメン』誕生に貢献したモンティーホ伯爵夫人との交流はその後もつづき、あるとき不意に思いがけぬ方向に発展した。上述のように一八四八年の二月革命により共和政に移行したフランスで、ナポレオン・ボナパルトの甥がクーデタによりナポレオン三世を名乗り、第二帝政を樹立した。その後まもなく皇帝が后《きさき》に迎えたのはウジェニー、昔メリメが膝に乗せてあやしたモンティーホ伯爵家の令嬢だった。メリメは元老院議員を拝命して皇帝夫妻のお相手を務めることになる。

皇帝夫妻の滞在するパリ周辺の城館（コンピエーニュ、フォンテーヌブロー、サン＝クルー）や夏の終わりに訪れるスペイン国境に近い保養地（タルブ、ビアリッツ）に同行を求められるのは、廷臣の務めということだろう。春から夏にかけて毎年くり返されるイギリス滞在については、目的は判然としない。ヨーロッパ的な人脈を保つための情報収集や非公式の外交活動は、おそらく動機の一部だったろう。晩年は重い呼吸器疾患に苦しみ、南仏カンヌで静養しては現場に戻るという振り子のような生活を送っていた。「年譜」からも推察されるように、まるで旅と移動の狂気に取り憑かれたような生涯だった。

ところで〈歴史的記念物視察官メリメ〉は〈廷臣メリメ〉に席をゆずってしまったのだろうか。元老院に入り実務から解放されたのちも、メリメは中央ヨーロッパの旅に出て、ウィーン、プラハ、ベルリンなどを訪れている（一八五四年）。ヴィオレ＝ル＝

デュックとの親交と協力は帝政期にも維持されており、メリメは美術学校の改革構想について友人を強力に支援した（一八六三年）。さらにスラヴ圏への関心の広がりは、一八五〇年前後から始めたロシア文学の翻訳と、ロシア・東欧にかかわるエッセイの執筆からも確認できる。とりわけ最晩年に碑文・文芸アカデミーの雑誌「ジュルナル・デ・サヴァン」に発表した一連の論考は、メリメの念頭にある〈諸国民のヨーロッパ〉が新たに豊かな領土を見出した証しのようにも見える。ヨーロッパ文明とスラヴ世界の境界を舞台とする傑作、リトアニアの古文書を調査するプロイセンの比較言語学者が語り手をつとめる『ロキス──ヴィッテンバッハ教授の手稿』（一八六九年）は、こうした知的土壌に育《はぐく》まれた最後の果実だった。社交界の若い娘が捏造した贋作の伝承に、碩学の大学教授がころりと騙されるという設定は、ほろ苦く、また微笑ましい。

一八七〇年に勃発した普仏戦争でナポレオン三世が捕虜になり帝政が崩壊。九月二十三日、メリメはカンヌで死去。葬儀を執り行ったのはプロテスタントの牧師だった。その翌年、パリ・コミューンのさなか、メリメが二十年近く暮らしたパリの住居は火災のために膨大な蔵書もろとも焼け落ちた。遺された文献や草稿を手掛かりに、学識と文学との創造的な交わりを探究する貴重な道筋のひとつが、ここで失われたのである。

* * *

翻訳の底本は以下のとおり。「訳注」および「年譜」も主としてこの版に依拠して作成した。

Mérimée, *Théâtre de Clara Gazul, Romans et nouvelles*, Edition établie, présentée et annotée par Jean Mallion et Pierre Salomon, Gallimard, Bibliothèque de la Pléiade, 1978.

主な参考文献

Antoine de Baecque, Françoise Mélonio, *Histoire culturelle de la France, 3. Lumières et liberté. Les XVIIIe et XIXe siècles*, Editions du Seuil, 2005.

Chambre des Pairs, Séance du 24 janvier 1827, Opinion de M. le Duc de Broglie sur l'article 1er du projet de loi relatif à la répression de la traite des Noirs.

Madame de Duras, *Ourika. Édouard. Olivier ou le Secret*, Préface de Marc Fumaroli, folio classique, 2007.

François Géal, « Mérimée et les Gitans. Quelques réflexions sur le dernier chapitre de *Carmen* », Pierre Glaudes (éd.), *Mérimée et le bon usage du savoir. La création à l'épreuve de la connaissance*, Presses universitaires du Mirail, 2008.

La correspondance Mérimée–Viollet-le-Duc, Edité et préfacé par Françoise Bercé, Editions du C.T.H.S. 2001.

Alain Ricard (éd.), *Voyages de Découvertes en Afrique, Anthologie 1790-1890*, Robert Laffont, Bouquins, 2000.

Nelly Schmidt, *Abolitionnistes de l'esclavage et réformateurs des colonies, 1820-1851*, Karthala, 2001.

Société de la morale chrétienne (France). Comité pour l'abolition de la traite des noirs. *Faits relatifs à la traite des noirs*, Impr. de Crapelet, 1826.

ジャック・アリエール『バスク人』萩尾生訳、白水社、一九九二年

泉美知子『文化遺産としての中世――近代フランスの知・制度・感性に見る過去の保

存』三元社、二〇一三年
柴宜弘『図説 バルカンの歴史』河出書房新社、二〇一五年
杉本隆司『民衆と司祭の社会学――近代フランス〈異教〉思想史』白水社、二〇一七年
アンヌ゠マリ・ティエス『国民アイデンティティの創造――十八〜十九世紀のヨーロッパ』斎藤かぐみ訳、工藤庸子解説、勁草書房、二〇一三年
クレール・ド・デュラス夫人『ウーリカ』湯原かの子訳、水声社、二〇一四年
ジュール・ブロック『ジプシー』木内信敬訳、白水社、一九七三年

メリメ年譜

一八〇二年
六月二二日、レオノール・メリメ（一七五七～一八三六年）、アンヌ＝ルイーズ・モロー（一七七五～一八五二年）と結婚。レオノールは理工科学校《エコル・ポリテクニーク》のデッサンの教師。アンヌ＝ルイーズは『美女と野獣』などの伝承編纂で知られるボーモン夫人の孫に当たり、みずからも画塾で教鞭を執る知的な女性。

一八〇三年
九月二八日、パリでプロスペル誕生。フランス革命後の宗教ばなれが進んだ時期であり、両親は子供に洗礼を受けさせなかったらしい。

一八〇七年　四歳
レオノール、美術学校《エコル・デ・ボザール》に移籍。

一八一二年　九歳
プロスペル、名門高校リセ・ナポレオン（リセ・アンリ四世）に入学。両親はともに英語が堪能であり、プロスペルは英仏の文化交流の現場で育つ。一五歳で完璧な英語コミュニケーション能力を身につけていたとされる。

一八一九年　一六歳

パリ大学法学部に通う。

一八二〇年　一七歳
イギリス文学に親しみ、マクファーソンの編纂したスコットランドの伝承『オシアン』を友人とともに翻訳する。

一八二二年　一九歳
知人のサロンで二〇歳年上のスタンダールに出遭う。生涯にわたる友情の始まり。ただし年長者による初対面のメリメの印象は「生意気でひどく不愉快なところのある青年」と手厳しい。

一八二三年　二〇歳
「体格が貧弱」との理由で兵役免除。このころから創作に手を染める。

一八二四年　二一歳
創刊されたばかりの文芸誌「グローブ」にスペインの演劇について匿名で寄稿。

一八二五年　二二歳
文芸サロンで自作の戯曲をいくつか朗読。それらを含む『クララ・ガスルの戯曲集』がスペインの女優による作品の翻訳という触れ込みで六月に出版される。この年、イギリスに旅行。

一八二六年　二三歳
二度にわたってイギリスに旅行。親がかりの生活をつづける。

一八二七年　二四歳
五月にサロンで出遭ったエミリー・ラコストの愛人となる。
七月、『グスラまたはダルマチア、ボスニア、クロアチア、ヘルツェゴヴィナで採集されたイリリアの詩集』を匿名で発表。伝承を収集し翻訳したという触れ込みで、プーシキンなどにも注目されたが、翌年にゲーテが贋作であることを指摘。

一八二八年　二五歳
一月、エミリー・ラコストの夫と決闘し、左腕を負傷。エミリーとの関係は一八三二年までつづく。ラコスト夫人の息子でのちに作家となるルイ・エドモン・デュランティ（一八三三〜一八八〇年）の父親はメリメではないかとの噂もあるが確証なし。軍港シェルブールにおもむき、いとこの海軍士官でカリブ海航路を知る人物に会う（おそらく『タマンゴ』のための資料収集）。

同世代のイギリス人弁護士サットン・シャープ（一七九七〜一八四三年）と親交を結び、海峡をこえる「遊び仲間」となる。

一八二九年　二六歳
三月に歴史小説『シャルル九世年代記』を刊行。四月に創刊された文芸誌「パリ評論」に『マテオ・ファルコーネ』（五月）、『タマンゴ』（一〇月）など数篇の小品を発表、文壇での地位を固める（以下、主な作品のみ紹介）。ヴィクトル・ユゴーやミュッセなどのサロンで新作の朗読を聴き、気鋭の作家たちと交わる。

一八三〇年　二七歳
「パリ評論」に『エトルリアの壺』他

二篇を発表。六月二七日、叶わぬ恋の痛手を癒すためと称してスペインに向け出発。乗合馬車のなかで知り合ったスペインの大貴族テバ伯爵（のちにモンティーホ伯爵）の知遇を得て、マドリードの伯爵邸に滞在。伯爵夫人はメリメの生涯の友となり、幼い娘ウジェニーは、のちにナポレオン三世の后となる。

一二月初旬、パリに帰還。フランスでは七月革命のためにブルボン家の復古王政が崩壊、オルレアン家ルイ＝フィリップの七月王政へと移行していた。

一八三一年　二八歳

一月、「パリ評論」で、のちに『スペイン便り』に収められるエッセイの掲載を始める。

二月、ド・ブロイ公爵など強力な保護者の支援で官吏の職に就く。五月、レジオン・ドヌール叙勲（シュヴァリエ）。おそらくこのころから数年にわたり、ヴァリエテ座の女優と関係をもつ。「ダンディ」にふさわしくメリメは生涯独身をつらぬき、その特権を存分に行使する。

一八三二年　二九歳

ドーヴァー海峡に面した町で二一歳のジェニー・ダカンと出遭う。メリメがジェニーに宛てて送りつづけた手紙は作家の死後『見知らぬ女への手紙』（一八七三年）と題して刊行され評判を呼ぶ。

一八三三年　三〇歳
四月、ジョルジュ・サンドと一夜をすごす。サンドの表現によれば「結果は散々だった」。
五月、決闘で負った傷を理由に国民衛兵の義務を免れる。
六月、短篇・中篇・詩・喜劇・エッセイなどを集めた『モザイク』を刊行。

一八三四年　三一歳
五月、フランソワ・ギゾーが一八三〇年に新設した「歴史的記念物視察官」のポストに、初代リュドヴィック・ヴィテの後任としてメリメが任命される。
八月に「両世界評論」にドン・ジュアン伝説を素材とする中篇『煉獄の魂』を発表。
七月末、南仏の視察旅行に出発。ヴェズレー（八月八～九日）、アヴァロン（八月一三～一四日）、マコン（八月二三日）、リヨン（八月三〇日～九月三日）、アヴィニョン（九月七～一五日）、エクス（九月二六日）、トゥーロン（一〇月二日）、アルル（一〇月二四日）、モンプリエ（一一月六～八日）、ナルボンヌ、ペルピニャン（一一月一四日）、カルカソンヌ、トゥールーズ、アルビを経て一二月一四日、パリ帰還。一二月二一日より、ソミュール、トゥール、シャルトルを経て一月一日、パリ帰還。

一八三五年　三二歳
五月と六月にイギリス滞在。

七月、パリを訪れていたモンティーホ伯爵の家族と交流。同月、『南仏旅行記』刊行。同月末、フランス西部の視察旅行に出発。主な滞在地はシャルトル（八月三日）、レンヌ（八月二〇～二一日）、モルレー（九月五日）、サン＝ポル＝ド＝レオン（九月一一日）、カルナック（九月二五日）、ナント（一〇月八日）、ソミュール、ポワティエ、サン＝サヴァンを経て、一〇月末、パリ帰還。

一八三六年　三三歳

二月、数年来憧れていたドレセール夫人（一八〇六～一八九四年）をついに口説き落とす。夫はウール＝エ＝ロワール県知事で、まもなく警視総監に栄転する人物。フローベール『感情教育』のダンブルーズ夫人のモデルともいわれるドレセール夫人は、七月王政と第二帝政期のパリ社交界に君臨する。サロンの花形の公然たる愛人という「ダンディ」にふさわしい役柄を、メリメは堂々とつとめるが、若き野心家（フローベールの友人マクシム・デュ・カン）にその座を奪われる（一八五一年）。

五月一四日、東部国境に近いアルザス、ラインラントの視察に出発。主な滞在地は、ラングル、ブザンソン（五月二二～二三日）、ミュルーズ、コルマール、ストラスブール（六月四～一五日）、エクス＝ラ＝シャペル（七月三～五日）、ケルン、コブレンツ、マインツ、再度ストラスブール（七月一四～一七日）。サヴェルヌ、メス、ラン、ソワソンを経て八月一〇日に帰還。

九月二七日、父レオノール・メリメ死去。両親の家を出たことのないプロスペルは、そのまま母との同居をつづける。

一〇月、『フランス西部旅行記』刊行。

一八三七年　三四歳

五月、「両世界評論」に『イールのヴィーナス』を発表。五月二五日、フランス中部オーヴェルニュ地方への視察旅行に出発。主な滞在地は、テュール（六月一八日）、オーリヤック（六月二二～二六日）、サン＝フルール（七月五日）、クレルモン＝フェラン（七月二二日）、ラ・シャリテ＝シュル＝ロワール（八月一三日）。オセールを経て八月一八日、パリに帰還。スタンダールがブールジュまで旅に同伴。

九月、「歴史的記念物委員会」が設立され、そのメンバーとなる。

一八三八年　三五歳

六月、メリメの作成した「歴史的記念物委員会」の報告書第一号刊行。六月二〇日、フランス西部と西南部への視察旅行に出発（以下、滞在先は簡略に記す）。ボルドー、トゥールーズ、ポワティエを経て九月一二日、パリに帰還。当時ヴェルサイユに居を構えていたモンティーホ伯爵夫人を、スタンダールやサットン・シャープを伴い数回訪問。

一〇月、『オーヴェルニュ地方旅行記』刊行。

一八三九年 三六歳

六月二九日、フランス南東部とコルシカへの視察旅行に出発。ディジョン、リヨン、グルノーブル、アヴィニョン、マルセイユなどを視察したのちトゥーロンから乗船、八月一六日、コルシカ島の北東バスティアの港に到着。アレリア、コルテなど東部と中部、アジャクシオ、カルジェーズなど西部、ボニファシオ、ポルト＝ヴェッキオなど南部をめぐり、拠点のバスティアにもどり半島（カップ・コルス）を北上、一〇月七日にバスティアからリヴォルノに向け出港。チヴィタヴェッキアで合流したスタンダールとともにローマ、ナポリ、パエストゥムなどをめぐったのち、一一月一五日、マルセイユ到着。パリ帰還は一二月初め。

一八四〇年 三七歳

四月、『コルシカ旅行記』刊行。

七月、コルシカを舞台とした中篇小説『コロンバ』を「両世界評論」に発表。

七月五日より視察旅行に出発。小さな町や村に立ち寄りながらポワティエ、ボルドーに向かい、バスク地方の中心都市バイヨンヌに八月九日に到着。マドリードに向かい、未亡人となったモンティーホ伯爵夫人の邸に滞在。ブルゴス、ビトリアを経て、一〇月二一日にバイヨンヌ到着。ボルドーから南仏をまわり一一月末、パリに帰還。

一八四一年　三八歳
六月四日、フランス北西部に視察旅行。リジュー、フジェール、トゥール、ブロワ、オルレアンなどをめぐり、七月二四日、パリに帰還。
八月二五日、ギリシア・小アジア旅行に出発。友人たちと合流し、マルタ島を経て、アテネ、イズミル、コンスタンチノープルなど各地をまわり翌年一月初頭、パリに帰還。

一八四二年　三九歳
ジェニー・ダカンが遺産を相続し、パリに転居。このころメリメの愛人になったらしい(ドレセール夫人とメリメの関係が冷却してからという説もある)。三月、スタンダール死去。六月二八日～八月一八日、アルルとオランジュにおけるローマ時代の劇場を主たる調査対象とする旅行。

一八四三年　四〇歳
二月、イギリス人の友人サットン・シャープ死去。六月末～一〇月、モンティーホ伯爵夫人が二人の令嬢とともにパリ滞在。
七月三一日、ヴィオレ゠ル゠デュック(一八一四～一八七九年)を伴い視察旅行に出発。サンス、オセール、ヴェズレー、ディジョン、ブザンソン、トロワなどを経て九月一日、パリに帰還。

一一月、碑文・文芸アカデミー会員に選出される。

一八四四年　四一歳
三月、アカデミー・フランセーズ会員に選出される。三月、『ローマ史研究』刊行。
七月、日刊紙「ル・コンスティテューショネル」に『十九世紀フランスの建築について』を発表。
八月二二日〜九月二七日、フランス中西部を視察。旅程の大半はヴィオレ＝ル＝デュック同伴。

一八四五年　四二歳
二月、アカデミー・フランセーズ入会。
八月五日〜九月一六日、ドルドーニュ、ラングドック、プロヴァンス地方の二〇以上の大都市、町や村を視察。
一〇月、『カルメン』が「両世界評論」に掲載される。
一一月一日、ペドロ一世の史料調査などを目的としてマドリードに向け出発。
一二月一五日、パリに帰還。

一八四六年　四三歳
七月一八日〜八月一八日、フランス北部から南東部にかけて十数カ所の町や村を視察。九月一一日〜一〇月二日、メス、ケルン、ボンなどを視察旅行、ベルギーとリールを経てパリに帰還。
一〇月一〇日、文献調査のためバルセロナに到着。

一八四七年　四四歳
七月、芸術品の修復に関してモンタラ

ンベールと論争。

九月、アルジェリアの歴史的記念物の調査を託されたが、陸軍省の反対に会う。九月二二日〜一〇月一四日、ピカルディーとノルマンディーの十カ所ほどを視察旅行。

一二月、「両世界評論」における『ドン・ペドロ一世の歴史』の掲載開始。

一八四八年　四五歳

二月革命勃発。二月二四日、警視総監を辞したドレセールは夫人とともに一晩メリメの家に隠れ、翌日イギリスにわたる。臨時政府はメリメにテュイルリー宮殿の芸術品保全の任務を託す。「歴史的記念物委員会」はじめ、文化政策関連の組織で解任が相次ぐ。六月の労働者蜂起にさいしてメリメは国民衛兵の任務に就き、秩序回復をめざす。モンティーホ伯爵夫人に「危機一髪で救われました」と報告するメリメは、政治的には保守穏健をえらんでいる。

九月二六日〜一〇月一四日、アルザス地方の視察旅行。おそらくドレセール夫人との関係が気まずくなり、「辛さを忘れる」ためにロシア語を学びはじめる。

一八四九年　四六歳

七月、『スペードの女王』、プーシキンの中篇小説より』を「両世界評論」に発表。九月四日〜一〇月一二日、トゥール、ポワティエ、アングレーム、ヴェズレーなど十数カ所を視察旅行。

一八五〇年　四七歳
五月二六日～六月二一日、イギリス旅行。九月一六日～一〇月二二日、フランス南部から西部にかけて視察旅行。一〇月、スタンダールに関するエッセイ*H.B.*を発表（タイトルはスタンダールの実名Henri Beyleの頭文字）。

一八五一年　四八歳
この年、メリメはロンドン、リヨン、オーヴェルニュ、ベルギー、オランダなどに短期間の旅行をしただけ。マチルド大公妃（ナポレオン一世の甥ルイ＝ナポレオンの従妹）の邸に数回招かれる。

一八五二年　四九歳
一月、メリメにレジオン・ドヌール叙勲（オフィシエ）。四月三〇日、母アンヌ＝ルイーズ死去。ギヨーム・リブリ裁判（数学者・歴史家で愛書家のイタリア人伯爵が公共図書館の書籍・文書を横領した疑惑で告訴された事件）について激越な弁護の論陣を張り、二週間の収監と千フランの罰金を科せられる。九月七日～一〇月一日、南仏への視察旅行。一二月、『ロシア史のエピソード、偽ドミトリーたち』を「両世界評論」に発表。
前年の一二月二日、クーデタにより権力を掌握したルイ＝ナポレオン・ボナパルト（一八四八年の二月革命後、第二共和政の初代大統領）がナポレオン三世を名乗り、第二帝政を樹立。

一八五三年　　　　　　　　五〇歳

一月、ナポレオン三世、モンティーホ家のウジェニーと結婚。

六月、メリメは元老院議員を拝命。ヴィクトル・ユゴーなど古くからの自由主義的な知人たちに批判される。「歴史的記念物視察官」のポストには無給で一八六〇年まで留まるが、視察旅行など実務からは解放される。九月一日〜一二月一八日、スペイン旅行。モンティーホ伯爵夫人の歓待を受け、アンダルシアの美女に囲まれて独身者の自由を満喫した。

一八五四年　　　　　　　　五一歳

七月一六〜二六日、ロンドンへ旅行。八月二三日〜一〇月一五日、中央ヨーロッパへ旅行（バーゼル、インスブルック、ミュンヘン、プラハ、ウィーン、ドレスデン、ベルリン）。

一八五五年　　　　　　　　五二歳

二月、四〇〇ページの『歴史・文学論集』を刊行。モルモン教、ウクライナのコサック、ギリシア史、スペイン文学、美術教育、美術館の修復などをめぐるエッセイを収録。この年、パリ万国博覧会で建築部門の審査員をつとめる。

一八五六年　　　　　　　　五三歳

三月、プーシキンの『ベールキン物語』に収められた短篇『その一発』を翻訳発表。七月一六日〜九月一日、イギリスとスコットランドに旅行。一一月二八日、ニースとプロヴァンスに向けて出発。保養を目的としたものであり、パリ帰還は翌年の二月九日。

一八五七年　五四歳

四月、ツルゲーネフと会食。六月七日～七月八日、ロンドンとマンチェスターに旅行。八月一〇～二九日、スイス旅行。一一月、皇后の招きでコンピエーニュの城に一週間滞在し、社交の催しに参加。一二月一日～翌年一月一二日、カンヌに滞在。

一八五八年　五五歳

四月二〇日～五月一一日、ロンドンへ旅行。六月一九日～一〇月一四日、スイス、バイエルン、チロル地方につづき、イタリア（ヴェネツィア、リヴォルノ、ピサ、フィレンツェ、ジェノヴァ）旅行。一一月一五日、コンピエーニュの城に招待され三週間ほど滞在。一二月二六日～翌年三月三日、保養のためにカンヌへ。健康すぐれず胃痙攣に苦しむ。

一八五九年　五六歳

九月五～一四日、スペイン国境に近いタルブに滞在し、オート＝ピレネーの保養地リュス＝サン＝ソヴールに皇帝夫妻を訪ねる。九月二六日～一一月二一日、スペイン滞在（これが最後と考えたが、じっさいには一八六四年に再訪）。一一月二七日～一二月三日、コンピエーニュの城に招待されて滞在。

一二月四日〜翌年三月七日、カンヌ滞在。

一八六〇年　五七歳

六月、フォンテーヌブローの城に招待されて滞在。七月一八日〜八月二四日、イギリス旅行。八月、レジオン・ドヌール叙勲（コマンドゥール）。一一月、皇帝がユリウス・カエサルの歴史を書く構想を温めており、メリメは資料収集に協力。

一八六一年　五八歳

二月二一日にカンヌから帰還。皇帝のために資料収集をつづける。六月、フォンテーヌブローの城に招待されて一月ほど滞在。七月一一日〜八月一九日、ロンドンおよびノーフォークへ旅行し歓待を受ける。九月一〇日、ビアリッツに到着、タルブを経て一〇月一三日、パリ帰還。一一月九日から三週間ほどコンピエーニュの城に滞在。カンヌに向けて発つのは一二月二二日。

一八六二年　五九歳

一月、呼吸困難を訴える。三月二九日、パリに帰還。五月五日〜七月一日、イギリス滞在。ロンドンでは毎日のように招待を受ける。グラッドストン（自由党の政治家）の邸で会食。ユゴーの『レ・ミゼラブル』を読み「凡庸」と厳しい評価。八月一三日からオート＝ピレネーの温泉保養地に滞在したのち、タルブ、ボルドーを経由してビアリッツに滞在する皇帝夫妻に合流。一〇月八日にパリ帰還。政権でカトリック教会寄りの陣営が存在感を増していることを批判。一一月、コンピエーニュの城に一週間ほど滞在し、二五日にカンヌに向けて出発。

一八六三年　六〇歳

ボフダン・フメリニツキー（一七世紀ウクライナ・コサックの指導者）に関する論考の連載を開始（以下、一連のスラヴ研究はすべて碑文・文芸アカデミーの雑誌「ジュルナル・デ・サヴァン」に発表される）。健康がすぐれずパリに帰還したのちふたたびカンヌへ。六月二一日～七月六日、フォンテーヌブローの城に滞在。七月二二日～八月二〇日、イギリス旅行。九月、ビアリッツ、タルブ、ボルドーなどで皇帝やモンティーホ伯爵夫人などと社交。一〇月、パリにもどり年末にカンヌへ。一一月、ヴィオレ＝ル＝デュックとの協力により美術学校の教育改革をめぐる政令公布。

一八六四年　六一歳

「重度の喘息」を砒素で治療。皇帝のためにカエサルについて調査。三月、カンヌから戻り、六月、フォンテーヌブローへ、六月二九日～八月五日、イギリス旅行。ピョートル大帝期のロシアについての歴史論考を発表。一〇月八日～一一月一六日、スペイン旅行。モンティーホ伯爵夫人の邸に滞在。年末にカンヌへ。

一八六五年　六二歳
パリとカンヌを往復。七月一九日〜八月三〇日、イギリス旅行。自由党の重鎮パーマストン、グラッドストンなどと交流。九月一八日〜一〇月一二日、ビアリッツで皇后の別荘に滞在、初対面のビスマルクに感銘を受ける。一週間ほどコンピエーニュの城に滞在したのち、カンヌへ。息苦しさはやや改善。

一八六六年　六三歳
四月にパリに戻り、七月一九日〜八月五日、ロンドン滞在。八月二六日まで、パリ郊外にあるサン゠クルーの城に滞在。八月一四日、レジオン・ドヌール叙勲（グラントフィシエ）。九月一日、ビアリッツの皇后の別荘へ。皇后のために小品『青い部屋』を執筆。一〇月、和解したドレセール夫人のサロンでも朗読。一一月七日、カンヌへ。

一八六七年　六四歳
四月にパリに帰還。体調はすぐれず、ヨーロッパ外交に立ちこめる暗雲を案じつつ日を送る。英国に太いパイプをもち、親しい友人を通じてイタリアやスペインの情報にも接していたメリメは、公式のミッションこそ託されてはいないが、相当の事情通であったとされる。六月、ピョートル大帝に関する新たなシリーズの連載を開始（翌年の二月まで計七回）。健康状態が悪化し、ロンドン滞在もビアリッツ滞在もあきらめる。一一月一〇日、カンヌへ。

一八六八年　六五歳
カンヌで鬱々と闘病生活を送る。知人の薦めでモンプリエに立ち寄り「圧縮空気浴」なる新療法を試したのち、五月一七日、やや恢復してパリに帰還。六月末からロンドンで、七月下旬からフォンテーヌブローで、例年のごとく社交生活を送るが心身ともに疲労。ビアリッツ滞在をあきらめる。九月、書きおえたばかりの『ロキス』をドレセール夫人のまえで朗読。ジェニー・ダカンにも意見を聞いて作品に手をくわえる。一〇月、モンプリエで呼吸器の治療をこころみるが期待ほどの効果は得られず、一一月、カンヌへ。

一八六九年　六六歳
咳のため夜も寝られず食欲も減退。三月、メリメ死去の偽ニュースが伝わる。スエズ運河開通の式典に出席する皇后に同行を求められるが辞退。六月と七月に「偽エリザヴェータ二世」（エカチェリーナ二世の時代に先代の女帝エリザヴェータの娘を名乗り、ヨーロッパを舞台に暗躍した女性）をめぐるエッセイを発表。七月、サン゠クルーの城に一カ月滞在。「熊の話」（『ロキス』のこと）を皇帝と宮廷のご婦人たちのまえで朗読するが反応は冷たい。八月、パリで「圧縮空気浴」の治療。九月、『ロキス――ヴィッテンバッハ教授の手稿』刊行。一〇月、カンヌへ。

一八七〇年

一月、絶筆となる『ジュマーヌ』（蛇とオリエントの美女にまつわる幻想的な悪夢）執筆開始。一時は生死の境をさまようが、五月末、パリに帰還。ドレセール夫人の訪問を受ける。七月一九日、フランスはプロイセンに宣戦布告。ナポレオン三世が捕虜となり、九月四日、共和国宣言により第二帝政終焉。九月一一日、メリメはカンヌに到着。ツルゲーネフ、ジェニー・ダカンなどに最後の手紙をしたため、九月二三日に死去。享年六六歳。同二五日、プロテスタントの牧師により葬儀が営まれ、カンヌの墓地に埋葬された。

一八七一年

五月二三日、パリ・コミューンの騒乱のなかで、メリメが一八五二年の夏から住んでいた建物が炎上。膨大な書籍や文献のすべてが失われた。

訳者あとがき

新書館で『カルメン』の新訳を刊行してから二十年になる。三浦雅士さんが「舞台芸術の原作シリーズ」という企画に誘ってくださったものであり、ビゼーのオペラを視野に入れ、長い「訳者解説」を書いた。あの金で箔押しした真っ赤な布製の本には、今でも特別の愛着がある。

文学の名作は、佇《たたず》まいを変えることなく世紀を越えてそこにある。しかしこれを読み解く視線は、時代や環境により更新されるだろう。じっさい黒人奴隷の反乱とボヘミアンの愛という縁もゆかりもなさそうな物語を丁寧に合わせ読むことは、わたしにとって思いがけず新鮮な体験だった。二世紀前のフランスでメリメの世代の文学青年たちは、貪欲に近代的な学知を吸収し、〈ヨーロッパ文明〉とは何かを問いつづけたのだった。〈文明〉の未来が見えぬ今だからこそ、その若々しい営みを思いおこしたい。

光文社の中町俊伸さん、今野哲男さん、そして新書館でお世話になった三浦雅士さんに、心から感謝申し上げます。

二〇一九年　春

本書の「カルメン」は一九九七年十一月に新書館から刊行された『カルメン』を大幅に加筆・修正したもので、「タマンゴ」は新しく訳出したものです。

本書『カルメン』中には、「ジプシー」という、今日の観点からすると不適切な呼称がたびたび用いられています。ジプシーとは、インド北西部を発祥とする「ロマ」のことで、九〜十世紀ごろインドから移動を始めたといわれ、十五世紀ごろにはヨーロッパにも移住しています。流浪を余儀なくされてきた彼らへの差別は現代でも続いており、いまでは定住する者が多いにもかかわらず「流浪の民」と呼ばれたり、犯罪行為と直接結びつけて扱われたりしています。今日では「ロマ（人間）」と表記されることの多い、配慮の必要な呼称ですが、本書では作品が成立した十九世紀半ばという時代背景と物語の設定、また当時の知見に依った著者による考察、および古典としての歴史的・文学的価値を考慮した上で、原典のままとしました。差別の助長を意図するものではないことをご理解ください。

編集部

光文社古典新訳文庫

カルメン／タマンゴ

著者　メリメ
訳者　工《く》藤《どう》庸《よう》子《こ》

2019年8月20日　初版第1刷発行

発行者　田邊浩司
印刷　萩原印刷
製本　ナショナル製本

発行所　株式会社光文社
〒112-8011東京都文京区音羽1-16-6
電話　03（5395）8162（編集部）
03（5395）8116（書籍販売部）
03（5395）8125（業務部）
www.kobunsha.com

ISBN978-4-334-75407-5 Printed in Japan

いま、息をしている言葉で、もういちど古典を

長い年月をかけて世界中で読み継がれてきたのが古典です。奥の深い味わいある作品ばかりがそろっており、この「古典の森」に分け入ることは人生のもっとも大きな喜びであることに異論のある人はいないはずです。しかしながら、こんなに豊饒で魅力に満ちた古典を、なぜわたしたちはこれほどまで疎んじてきたのでしょうか。

ひとつには古臭い教養主義からの逃走だったのかもしれません。真面目に文学や思想を論じることは、ある種の権威化であるという思いから、その呪縛から逃れるために、教養そのものを否定しすぎてしまったのではないでしょうか。

いま、時代は大きな転換期を迎えています。まれに見るスピードで歴史が動いていくのを多くの人々が実感していると思います。

こんな時わたしたちを支え、導いてくれるものが古典なのです。「いま、息をしている言葉で」——光文社の古典新訳文庫は、さまよえる現代人の心の奥底まで届くような言葉で、古典を現代に蘇らせることを意図して創刊されました。気取らず、自由に、心の赴くままに、気軽に手に取って楽しめる古典作品を、新訳という光のもとに読者に届けていくこと。それがこの文庫の使命だとわたしたちは考えています。

このシリーズについてのご意見、ご感想、ご要望をハガキ、手紙、メール等で翻訳編集部までお寄せください。今後の企画の参考にさせていただきます。
メール　info@kotensinyaku.jp

光文社古典新訳文庫　好評既刊

恐るべき子供たち

コクトー
中条 省平
中条 志穂 訳

十四歳のポールは、姉エリザベートと「ふたりだけの部屋」に住んでいる。ポールが憧れるダルジュロスとそっくりの少女アガートが登場し、子供たちの夢幻的な暮らしが始まる。

うたかたの日々

ヴィアン
野崎 歓 訳

青年コランは美しいクロエと恋に落ち、結婚する。しかしクロエは肺の中に睡蓮が生長する奇妙な病気にかかってしまう……。二十世紀「伝説の作品」が鮮烈な新訳で甦る！

海に住む少女

シュペルヴィエル
永田 千奈 訳

大海原に浮かんでは消える、不思議な町の少女の秘密を描く表題作。ほかに「ノアの箱舟」、イエス誕生に立ち合った牛を描く「飼葉桶を囲む牛とロバ」など、ユニークな短編集。

ひとさらい

シュペルヴィエル
永田 千奈 訳

貧しい親に捨てられたり放置された子供たちをさらい自らの「家族」を築くビグア大佐。だが、ある少女を新たに迎えて以来、彼の「親心」は、それとは別の感情とせめぎ合うようになり……。

花のノートルダム

ジュネ
中条 省平 訳

都市の最底辺をさまよう犯罪者、同性愛者たちを神話的に描き、〈悪〉を〈聖なるもの〉に変えたジュネのデビュー作。超絶技巧の比喩を駆使した最高傑作が明解な訳文で甦る！

光文社古典新訳文庫　好評既刊

椿姫

デュマ・フィス
永田千奈 訳

真実の愛に目覚めた高級娼婦マルグリット。アルマンを愛するがゆえにくだした決断とは……。オペラ、バレエ、映画といまも愛され続けるフランス恋愛小説、不朽の名作！

感情教育（上・下）

フローベール
太田浩一 訳

二月革命前夜の19世紀パリ。人妻への一途な想いと高級娼婦との官能的恋愛の間で揺れる優柔不断な青年フレデリック。多感で夢見がちに生きる青年の姿を激動する時代と共に描いた傑作長篇。

三つの物語

フローベール
谷口亜沙子 訳

無学な召使いの一生を描く「素朴なひと」、聖人の数奇な運命を劇的に語る「聖ジュリアン伝」、サロメの伝説に基づく「ヘロディアス」。フローベールの最高傑作と称される短篇集。

女の一生

モーパッサン
永田千奈 訳

男爵家の一人娘に生まれ何不自由なく育ったジャンヌ。彼女にとって夢が次々と実現していくのが人生であるはずだったのだが……。過酷な現実を生きる女性をリアルに描いた傑作。

脂肪の塊／ロンドリ姉妹
モーパッサン傑作選

モーパッサン
太田浩一 訳

人間のもつ醜いエゴイズム、好色さを描いた「脂肪の塊」と、イタリア旅行で出会った娘との思い出を綴った「ロンドリ姉妹」。ほか初期作品から選んだ中・短篇集第1弾。（全10篇）

光文社古典新訳文庫　好評既刊

宝石／遺産 モーパッサン傑作選
モーパッサン
太田 浩一 訳
残された宝石類からやりくり上手の妻の秘密を知ることになる「宝石」。伯母の莫大な遺産相続の条件である子どもに恵まれない親子と夫婦を描く「遺産」など、傑作6篇を収録。

死刑囚最後の日
ユゴー
小倉 孝誠 訳
処刑を目前に控えた独房での日々から、断頭台に上がる直前までの主人公の、喘ぐような息づかいと押しつぶされるような絶望感をリアルに描く。文豪ユゴー、27歳の画期的小説。

いまこそ、希望を
サルトル×レヴィ
海老坂 武 訳
生涯にわたる文学、哲学、政治行動（アンガージュマン）をふりかえりつつ、率直に、あたたかく、誠実に自らの全軌跡をたどり、希望の未来を語るサルトル、最後のメッセージ。

狭き門
ジッド
中条 省平
中条 志穂 訳
美しい従姉アリサに心惹かれるジェローム。相思相愛であることは周りも認めていたが、当のアリサは煮え切らない。ノーベル賞作家ジッドの美しく悲痛なラヴ・ストーリーを新訳で。

ソヴィエト旅行記
ジッド
國分 俊宏 訳
多くの知識人が理想郷と考えたソ連。だが実際行ってみると……。虚栄を暴き失望を綴った本篇、およびその後の痛烈な批判に答える「修正」含む、文学者の誠実さに満ちた紀行。